水たまりで息をする

高瀬隼子

集英社文庫

目次

水たまりで息をする

1　風呂

夫が風呂に入っていない。衣津実《いつみ》はバスタオルを見て、そのことに気付いた。昨日も一昨日《おととい》もその前の日も、これがかかってなかったっけ？　芝生みたいな色のタオル。風呂場のドアの外側に、彼女のと夫のと、一枚ずつタオルをかけている。夫のタオルに顔を近付ける。鼻先がやわらかくぶつかる。くさくはない。洗剤と家のにおいがする。手を洗って、芝生色のタオルで拭き、そのまま引き抜いて洗濯かごに放る。洗面台の鏡に向き直り、目じりのしわにファンデーションが固まっているのを、指で伸ばして、明かりを消した。

「ねえ、お風呂入った？」

ただいまの代わりにそう言いながら、リビングのドアを開ける。

あたたまった空気の中に、カップ麺のにおいが漂っていた。台所に視線をやると、シンクに空容器が置いてある。夫はいつものTシャツと短パン姿でソファに座り、膝に載せたパソコンで動画を見ていた。お笑い番組らしく、たくさんの人間の笑い声が部屋に響いている。

「おかえり。遅かったね」

夫がパソコンを膝からよけて立ち上がった。足元のフローリングにビールのロング缶と柿《かき》の種《たね》の袋が置いてある。「風呂ねえ」と言いながら彼女の横を通り、カップ麺の容器を摑《つか》むと、蓋付きのゴミ箱に捨てた。

「風呂には、入らないことにした」

「入らないことにした？」

ことばをなぞって聞き返す。頷《うなず》く夫の顔を見る。今年三十五になる一つ年下の夫は、夜はいつも体調が悪そうに見える。一日働いて帰って来ると、頭か肩か腰が痛いか、どこも痛くない日は、ただ体がだるいのだという。今日もやはり疲れているようだった。顔の上半分は笑っているが、口元が追い付いていない。あがりきらない口角が、かすかに震えている。

口の周りに、ひげが点々と生えている。Tシャツと短パンからそれぞれ伸びている腕と足にも毛が生えている。二月だというのに薄着で、骨の形が見て分かるほど細い。腕も足も首も細く、お腹周りだけすこしたるみ、尻や太ももはまた細い。スーツ姿が一番似合う短い黒髪が、風呂に入っていないと言われてみると、いつもよりもべったりして見えなくもないけれど、変わらないといえば変わらない。音を立てずに鼻で息を吸ってみる。においも、別にしない。

「とりあえず、着替えてくるね」

そう言ってリビングを出る。着替えを置いている寝室で、ブラウスとスカートを脱いで、厚手のトレーナーと裏起毛のスウェットパンツに着替えながら、衣津実は、夫が濡《ぬ》れて帰って来た夜のことを思い出していた。ひと月ほど前のことだ。

いつもワックスで横に流している前髪が、ぴたりと額に張り付いていた。前髪の先を辿《たど》ると、白いシャツも腹のあたりまで縦にまっすぐ、ぐっしょり濡れていた。コートまで濡れてしまうのを避けたのか、前を大きく開いていたので、シャツの胸元に肌着代わりに着ているTシャツのグレーがはっきりと透けて見えていた。一目見て、雨に打たれたわけではないと分かった。

「えっ、どうしたのそれ」

その時、衣津実は玄関にいた。出迎えたわけではなくて、翌朝出すゴミをまとめて玄関に運んでいたところに、たまたま夫が帰って来たのだった。

夫は玄関のドアノブを片手で握ったままの体勢で、驚いた顔を彼女に向け、一拍遅れて「ただいま」と言った。その様子が怯《おび》えているように見えたので、もしかしたら夫は、前髪が濡れていても不自然じゃないよう顔を洗って、さっさと部屋着に着替えて、何もなかった顔でリビングのドアを開けるつもりだったのかもしれない、と思った。

「ちょっとした悪ふざけをされて」

夫は洗面台の前でシャツを脱いだ。手を洗い、ついでのように前髪も拭く。

「最近の若い子ってああなのかな。酔っぱらって、困るよね」

すこし遅めの新年会をしようということになって、会社の人間数人で飲みに行ったという。普段よく飲みに行く人たちだけでなく、年代の離れた人たちも一緒になった。そこで、入社してまだ数年目の後輩に、水をかけられたらしい。

それって、と彼女は言った。自分の声が強張《こわば》っているのが分かった。

「なんで？　どういう……分かんないな。上司に水をかけるなんてことある？　研志《けんし》、なにかしたの？」

「いや上司っていうかただの先輩だけどね、おれは。まあ先輩でも水はかけないか」

夫は律儀に関係を訂正してから、「先輩でも、後輩でも、同僚でも、水はかけない。かけちゃいけない」と真面目な顔で言った。

「水は、ふざけてかけちゃいけない」

それから、洗濯かごに入れたシャツを取り上げて、濡れた部分を鼻先に近付け、「カルキくさい」とつぶやいた。夫が手を離すと、シャツはまっすぐ下へ落ち、洗濯かごに収まった。

あの夜、夫は確かに落ち込んでいる様子だったけれど、次の日からはいつもどおりだった。普通に出勤して、疲れて帰宅して、パソコンで動画を見て、日付が変わる頃に眠った。ほどほどに仕事の愚痴をこぼし、ビールを飲んだ。生きているだけで、嫌なことはたくさんあるけれど、どうにかこうにか、なんとかしていくしかないから、あの日のことは、それ以来話題にも出なかった。ほんのひと月前のことだから、忘れたというわけではないにしろ、記憶から取り出して、改めて眺めるということもなかった。それが、今になって鮮やかに頭の中で再生される。

衣津実は、今日一日身にまとっていたブラウスとスカートを洗濯かごに入れた。

リビングに戻り、冷蔵庫から夫が飲んでいるのと同じ五百ミリリットルの缶ビールを取り出し、台所のシンクに片手を添えた格好で、立ったままタブを開ける。缶ビールを開ける時、泡が溢《あふ》れてくるような気がして、彼女はいつも台所のシンクの前に立っているけれど、実際に泡がこぼれてしまったことはない。

なんでお風呂入らないの？

という問いかけを、喉の、唾《つば》を飲み込んだ時に音を立てる部分に待機させていたけれど、ソファに座るというよりも沈み込んでいるような夫を見ると、口に出すのがためらわれた。

排水口のネットに、さっき夫が流したカップ麺の具が溜まっている。明日は燃えるゴミの日。つい昨日もゴミ出しをしたような気がする。日々の早さをこんなところでも感じて、衣津実は鼻から息をもらす。三十五年も風呂に入ってきたんだから、数日入らないくらい、いいか。無理やり、そんな風に考えてみる。

喉にビールを流し込む。夫の隣に座り、夫の膝の上に置かれたパソコンの画面に視線を向ける。「映画みようよ」とすこし甘えた声色で言う彼女の鼻腔《びこう》に、夫の体臭が届いた。それは嗅《か》ぎなれた夫のにおいに違いないのだけれど、鼻の奥で一度空気の流れを止め、それから深々と息を吸い直して検分してしまうくらい、はっきりと濃かった。衣津実は気付かなかったことにして、「ホラーがいいな」と言いながら、夫の腕に自分の腕をからめた。

朝、夫はタオルを濡らして顔を拭き始めた。それも、目やにが取れたら満足という程度で、おでこや頬は一度なでるように触れただけだった。

洗面台の足元に、二リットル入りペットボトルのミネラルウォーターが置いてある。水道水ではなくて、ミネラルウォーターで顔を拭いているのだ、と驚く。外国じゃないんだから、と衣津実は数年前に夫と行ったカンボジアで、遺跡のある森を散策していて転んでしまった時に、傷口を飲み水用のミネラルウォーターですすいだことを思い出す。

「顔くらい、ちゃんと洗えば」

衣津実が声をかけたが、夫は彼女と合わせた目をわざとらしい仕草で逸《そ》らし、首を傾《かし》げて洗面台を離れて行った。今日こそ夫と話をしなければと思う。彼女も昨日の夜は風呂に入らずに眠ってしまったので、シャワーを浴びたところだった。やっぱり風呂に入らないと気持ち悪い。湯舟に浸《つ》からず、シャワーを浴びるだけでもすっきりする。それに、シャワーも浴びないで出勤する勇気が彼女にはない。風邪をひいていたって、家族以外の人と会うとなると、風呂に入らずにはいられない。

夫ときちんと話をしたいと思っていたら、ちょうど帰宅時間が揃《そろ》ったので、数日ぶりに二人で一緒に夕食を食べることにした。駅前で落ち合い、スーパーの惣菜《そうざい》を買って帰った。

一緒に暮らし始めたばかりの頃は衣津実が夕食を作っていたが、ある日市販のタレを使った生姜焼き《しょうが》を皿に盛って出すと、夫が真剣な顔をして、「生姜焼きだったら近所の弁当屋に売っているから、今度からあれを買おう」と言った。

「二人ともフルタイムで働いてるのに、毎日晩ご飯作るのってしんどいなと思って。おれにはできないし、おれにできないのに衣津実にしてもらうのも違うし、お金出せばそこらじゅうに食べ物は売ってるから、お金に困らない限りは、買えばいいのかなって。どうだろう」

衣津実は愛しているだとかかわいいだとかいう、性行為の最中にしか発せられないようなことばよりも、その提案の中に、生活に結びついた愛情が含まれているように感じた。

結婚して十年が経《た》つ。朝は菓子パンを食べ、昼は職場で、夜は弁当かスーパーの惣菜、居酒屋の持ち帰り料理で済ませる。自分の夕飯をおのおのが入手して、それぞれが帰宅した時間に食べた。それは、彼女が結婚前に想定していた二人の関係よりもずっと先進的な関係だった。生まれ育った海のある田舎の町では、絶対に考えられないことだった。父の帰りが遅い日は、彼女だけが先に夕食を済ませた。父がどんなに遅く帰宅しようと、母は父の帰宅を待って箸《はし》を持った。

二人のこの生活を、義母には「おままごとみたい」と言われる。「いいわねえ、おままごとみたいで、楽しそう」はしゃいだ声でそうやって話す時、義母のきらきらした瞳は、自分の息子ではなく衣津実に向けられる。

チン、とレンジが鳴った。夫が立ち上がり、湯気のあがる揚げ出し豆腐を持ってくる。

「揚げ出し豆腐って、自分で作ったことないから、作り方分かんないな」

と言いながら、スーパーでもらった使い捨てのスプーンを伸ばす。わたしも分かんない、と答えて、衣津実もビニールの包装を破ってスプーンを取り出した。

今夜の夕食は、スーパーで買った揚げ出し豆腐、枝豆、十二貫入りのパック寿司と、セロリの和《あ》え物だった。彼女は、この中で自分たちが作れるのは、茹《ゆ》でた枝豆だけだなと思う。枝豆をさやごと口に運び、唇に添えるようにして中の豆だけを食べる。夫がテーブルに覆いかぶさるように手を伸ばして、醬油《しょうゆ》を取った。その時ぷんと、確かににおった。言おう、と思って言う。

「ねえ、お風呂、今日も入らないの？」

「もしかしてにおう？」

「うん。ていうか、自分では分からない？」

「実は分かってる」

夫はうすく笑い、揚げ出し豆腐のパックの上に割り箸を置くと、腕を持ち上げ鼻を脇に近付けて嗅ぎ、Tシャツの首元を指で開くと首を真下に折り曲げて、こちらも嗅いだ。すんすんと、鼻で息を吸い込む音が鳴った。「さすがにちょっとくさい」と顔をしかめる。

「いつからだっけ、お風呂入ってないの」

「今日で、四日目？　くらい。多分」

「めんどうくさいの？　お風呂入るの。どっか痛いとか、風邪とかじゃないよね」

「体調は全然、どこも悪くないんだけど、なんか入りたくなくて。風呂っていうか水があれで」

「水？」

「うん、水。水道の、くさくない？」

「別に……いつもどおりだと思うけど、なに、カルキくさい？」

「いやーどうだろう。カルキなのかなあ。あとちょっと痛い」

「痛い？」

夫は困ったような、へらへら笑っているようにも見える表情をしている。

彼女は立ち上がって台所へ行き、シンクに伏せていたガラスコップに水をそそいで飲んだ。意識してみれば確かにカルキくさい。けれど飲めないほどではない。東京《とうきょう》に出て来たばかりの時には、やっぱり水は田舎の方がおいしいと感じたが、十八年近くも住むとすっかり慣れてしまった。それに夫は生まれも育ちも東京二十三区内だ。この水道水で生まれ育った人が、今更何を気にするのだろうという気がする。

　夫が近寄ってきて、彼女の手からガラスコップを受け取って口元に近付けた。薬を飲んだふりをする子どものように、口に含まず唇の外側に触れさせただけで、顔をしかめて離してしまう。「やっぱりくさいな」とつぶやく。彼女は、隣に立つとはっきりとくさい夫の体臭を感じるが、そう思っていると気付かれると夫が傷つくように思い、努めて静かに息を吸う。

「飲むのは、お茶にするとか、ビールとか飲めばいいから大丈夫なんだけど、風呂はさ、浴びるじゃんか、頭から」

　うーん、と彼女は同意と否定の間の声で答え、二人はテーブルに戻って食事を再開した。十二貫入っているパック寿司の、しめ鯖《さば》に箸を伸ばす。鯖は彼女が、まぐろは夫が、はまちは彼女がという風に、ネタの割り振りは話し合わなくてもなんとなく決まっている。酢でしめた鯖の、それでも打ち消せない生《なま》ぐささを鼻の奥で感じ取った。

　夕飯を食べ終えたあとで、彼女は夫の手を引いて風呂場まで連れて行った。夫は嫌そうな顔をしながらも抵抗せずに付いて来た。暖房のついているリビングから廊下へ出ると、すぐに足の裏から冷える。

「服脱いでよ」

と彼女が促すと、夫は顔をしかめたまま、いかにも嫌そうなのろのろとした手つきでTシャツと短パンを脱いだ。服を体からはぎ取る動作で起こった風が、彼女の鼻にまっすぐに飛び込んで来て、その密度の濃いにおいに、絶対に風呂に入れなければと決心を強くした彼女の息も、先ほど飲み干した二缶のビールのにおいにまみれているし、

「やだな」

と、ことばを脱衣所に落としていくように言う夫の息もまた、同じにおいがした。落ちたことばの上にかぶせるように、夫は両手で下着の腰の部分を広げて、そのまま下に落とした。足首に引っかかった下着から、右足と左足を順番に持ち上げた。裸になってみると、体臭がいつもよりすこしだけきついということを除けば、見た目には何も変わらなかった。うすだいだい色の肌。男性器が力なく垂れている。

「さむい」

と夫が声を震わせるので、彼女は寝室から電気ファンヒーターを持って来て、脱衣所のコンセントにつないだ。風呂場の浴室乾燥機の温風もつける。ファンが回るエンジン音が聞こえた。

浴室の引き戸が閉まり、シャワーから出る水が勢いよく壁に当たる音が聞こえた。お湯が出るまで三十秒ほどかかるので、その間、シャワーを壁に向けているのだろう。

彼女は暖房のきいたリビングに戻り、テレビをつけた。何を見るわけでもなくチャンネルを回し、見たことのある芸人が下積み時代の苦労話を披露している番組を見つけ、これにしようかとリモコンをテーブルに置いた時、夫がリビングのドアを開けて入ってきた。

「え、どうしたの。もう出たの」

夫は裸のままだった。肩から黒いバスタオルをかけていた。近寄って、タオル越しに夫の肩に手を当てる。タオルはほとんど濡れていなかったし、夫の体も、髪も、見える限りはどこも濡れていなかった。

「無理だった」

と夫は言った。目の下がしわしわだった。

「だめだった。シャワー、浴びれなかった。なんだかもう、嫌で」

彼女は夫の肩から背中へ手を当ててなでた。上から下へ繰り返し手を動かし、腰の手前で途切れるバスタオルのぎりぎりのところで、一番上に手を戻して、また下へとなでた。

水がくさいんだよ。それで、それが体に付くと、かゆい感じがする。実際にかゆいわけじゃなくて、なんだろう、例えば古本屋の倉庫の奥の段ボールに十何年も前から眠っている埃《ほこり》まみれの茶色い古書があったとして、それを触るとなんとなく手がかゆくなる気がする、そういう感覚のかゆさというか。これまでどうして平気でこんなものに触れていたんだか分からない。こんなくさいものを飲んだり、体にかけたりしていたなんて、思い出すと、それも嫌になる。ごめん。

裸のまま話をした最後に、夫はそう謝って、彼女が差し出した新しい下着とTシャツと短パンを順番に身に着けた。そうした方がいいだろうと思い、Tシャツは色の濃いグレーのものにした。

夫を労り、夫の話に耳を傾けながら、彼女はひとりぼっちで話をしている。もしかしてほんとうに、ずっと風呂に入らないつもりなの。驚いている。このおだやかな人と結婚して、三十代も半ばを過ぎて、自分の人生には、この先想定していない出来事なんてもう何も起こらない気がしていた。子どもを産むのは止《や》めたし、夫婦二人でそれなりに楽しく、年老いていくのだろうと思っていた。年老いて、と想像の中では時間の歩みが速く、飛び石のようだった。三十五歳の今、五十歳くらい、七十歳くらい、そして死。

夫は冷蔵庫から新しい缶ビールを取り出して飲み始めた。彼女はもうビールは飲みたくなかったけれど、喉が渇いていて、けれど今夫の目の前で水道水を飲むのははばかられ、仕方なく同じ缶ビールを取り出して飲んだ。洗面台の床に残されたペットボトルの中には、夫が顔を拭くのに使ったミネラルウォーターがまだ余っているはずだけれど、それこそ飲めるわけがなかった。

翌朝、夫から強い石鹸《せっけん》のにおいがした。どうやらそれは衣服やソファにスプレーするタイプの消臭剤のようで、夫の体自体ではなく、身に付けているTシャツと短パンからにおってきた。もしかしてと、寝室のハンガーにかけられた夫のスーツを持ち上げると、同じにおいがした。気にしていないわけがないのだ、と思うと、ますますどうしていいか分からなくなった。

衣津実が「行ってきます」と声をかけた時、夫は白色のシャツと濃いグレーのスラックスを着て、テレビニュースを見ながら熱いお茶を飲んでいた。シャツ、白いのにしたんだ、と気になる。夫の職場の方が近いので、彼女が先に家を出る。

夫の髪は一目見ただけでいつもと様子が違うと分かった。一本一本が独立せずに脂でくっつき合い、その重さでべったりとし、普段より黒みが増していた。心なしか顔の色も濃くなっているし、ひげも伸びていた。

「行ってらっしゃい」と夫に言われ、もう一度「行ってきます」と返して家を出る。今日は一段と空気が冷たく、鼻で息をするのが痛い。低い雲にもやもやした筋が入っている。雪が降るかもしれない。寒い方がにおいは広がらない気がするし、マスクをしている人も多い。彼女は自分を励ますように考え、いつしか早足になって駅へ歩く。

夫が風呂に入らなくなって今日で五日目だ、とコートのポケットの中で指を折って数えた。もし夫が土日の休みの間も風呂に入らなければ、来週出勤する時には、丸一週間風呂に入っていないことになる。大学生の時に友人が盲腸《もうちょう》になって一週間ほど入院したので、見舞いに行った。三日に一度はシャワーを浴び、濡れタオルで体を拭いてもいたが、それでも「めっちゃべたべたする」と嘆いていた。地下鉄に揺られながら、彼女はため息をつく。一週間も風呂に入らないなんて、体がどんな風になるのかうまく想像できない。

職場の最寄り駅で降りる。駅を出てすぐのところにあるコンビニの前で、立ったまま泣いている女の人がいた。衣津実よりもすこし若い。俯《うつむ》くでも、背中を丸めるでもなく、背筋を伸ばして立ち、まっすぐ駅の方を向いて泣きじゃくっている。駅からひとかたまりの流れになって歩いている人たちが、女の人の泣き声に気付いてそっと進路を変えている。衣津実もそうした。ちらりと最低限の目視だけで状況を確認して、すぐに視線を逸らす。東京に来て、見ないようにすることに慣れたし、通り過ぎてすぐ忘れることにも慣れた。この程度の人は街を歩くといくらでもいるから、いちいち気にしない。何があって泣いているんだろうと考えることもしない。ちらりと見たその人は身ぎれいだった。ライトグレーのコートは清潔そうだったし、足にはタイツをはいて、髪に寝ぐせはついていなかった。悲鳴に近い泣き声が、数秒の不快感を残して耳を通り抜けて行く。路上ミュージシャンのように駅前で泣き声を披露する人でも、風呂には入っているんだろう。

　夫が顔を拭くのに使っていたミネラルウォーターのことを考えた。洗面台の足元に置かれた、二リットル入りペットボトル。水道水はどうしても嫌らしい。とすると、ミネラルウォーターで満たした風呂なら入れるかもしれない。おそらく可能だろうけれど、一体何リットル必要になるだろうか。風呂は沸かさないとしても、シャワーの代わりにミネラルウォーターを頭からかぶるのか。一体いくら……お金の問題ではないのかもしれないけれど、いや、お金の問題でもあるし、それに、そうだこれは、夫婦の問題だ。

　会社に着く。敷地に入ってすぐ、外の大通りからも見える場所に小さな噴水がある。彼女が入社するより昔、もっと会社が儲《もう》かっていて、日本経済自体にも勢いがあった頃に、当時の社長が作らせたのだと聞く。五人の大人が手をつないで円になったくらいの大きさで、まるく、まんなかに噴水が付いていて、常時水を噴き上げている。

彼女は毎日この噴水の中を覗《のぞ》く。朝と夜と、一日二回確認する。噴水の周りは一段低く掘られていて、水が溜まっている。噴水は水道水を消毒して循環使用しているらしく、近くに寄ると強いカルキのにおいがした。内側のタイルには藻も生えていない。消毒薬が強いのだろうし、定期的に水を抜いて清掃しているのを見かける。だからこんなところに魚はいないのだ。分かっていても、彼女は水が溜まっているとつい中を覗き込んでしまう。そして、今日も何もいないことを確認する。早朝に氷が張ったらしい。割れた破片が浮かんでいる。

四階建ての事務室がある棟の隣には、大型倉庫が何棟も並んでおり、大型から小型まで様々な形のトラックがひっきりなしに出入りしていた。ここから都内の会社や家へ、または各地の中継倉庫へ、物が運ばれて行く。彼女はその荷物の発送管理をしている。事務室の窓からは、物を運んできてはまた運んで行くトラックと人の動きがずっと見えていたが、彼女がその現場へ実際に足を踏み入れるのは現場監督者と話をしなければならない時だけで、ほとんどの時間はパソコンの画面を見つめていた。そこでは段ボールの荷物もコンテナもトラックも運転手も、全てが数字に置き換わり、忙しなく画面上を移動している。管理システムの表の中で、すこし目を離すと1が100になり、100

が1000になった。

彼女は一番適当と思われるルートと、荷物の割り振りを考えて、数値を計算し、指示書に落とし込むと、データを現場監督者へ送信した。同時に電話をかけ、指示書だけでは伝わらない部分を説明し、あとは現場の判断に任せたいと話した。電話の向こうはがやがやと騒がしく、現場監督者の周りにトラック運転手たちが集まっているようだった。叫び声かと聞き間違えるような笑い声が聞こえ、話をしている現場監督者の声よりも近くで、「お嬢ちゃん、なんだって?」という怒鳴り声がした。

新卒でこの会社の内定を得た時に、人事担当者は衣津実の履歴書に目を通し「ここの仕事は、田舎から出て来た人の方が長続きするんです」と言った。その時は意味が分からなかったし、分からないなりにばかにされたのかと思っていたが、今ではよく理解している。

衣津実が生まれ育った田舎は、関西弁の響きを持つ方言も相まってことばが強く、みんな揃って声が大きい、粗暴《そぼう》な町だった。大正生まれの祖父はファミレスのテーブルにある呼び出しボタンを押すくらいの気軽さで祖母を叩《たた》いていたし、親戚のおじさんたちは、子どもや孫とテレビを見ている時にも、出ている女優や十代のアイドルを見て下品な冗談を平気で口にした。亡くなった父はその感じとは違っていたが、周りがそんな風だったから、慣れたくもないけれど、慣れていたということなのだろう。

『敷地内禁煙』と赤字で書かれた看板の下で、昔ながらの紫煙がもくもくと広がるタバコを口にくわえ「お嬢ちゃんおはよー！」と怒鳴るように声をかけてくるトラック運転手たちを、こわいしなんか憎まれている気がする、と言って同期の女性たちはみんな辞めていってしまった。衣津実は入社して十四年になるが、変わらず「お嬢ちゃん」と呼ばれている。軽んじられているのだと気付いてはいる。だから何というわけでもない。それで、働き続けられた。

領収書を出しに事務室に来た運転手と立ち話をする。天気の話と高速道路の工事の話。タバコと脂《あぶら》のにおいのする息に、男性用整髪料のつんとしたにおいが交じる。さりげなく一歩分の距離を取るけれど、「それでさあ」と言いながらあっという間に詰められる。前髪に白いふけが付いている。外線の電話が鳴って解放される。

ふと、二リットル入りペットボトルのミネラルウォーターはうちの倉庫にどのくらいあるのだろう、と気になって管理システムで検索をかける。一ダースの段ボール箱が四万箱ほどあるようだった。ざっと百万リットルもあるということになる。うちにある入浴剤には「二百リットルのお湯に一袋を溶かしてください」と書いてあった。一般家庭の風呂ひとつで二百リットルくらいなんだろう、とすると、風呂五千回分になる。五千回ということは、毎日入ったって十三年以上持つなあと、彼女は実現する予定もないそんな想像を、数字の根拠で塗り固めて妙に安心する。

仕事の帰りに、地下鉄からJRへ乗り換えるための地下通路でホームレスの男性を見かけた。柱と防火扉の間に、段ボールを敷いて座っている。腕を背中に回して掻《か》いているのがひどくつらそうに見えて、風呂に入らないと体がかゆくなるのだと思った。

その週末は、衣津実も風呂に入らないでみた。金曜の夜に帰宅して、顔だけ洗った。土曜の朝も顔だけ洗い、夜は顔も洗わずに寝た。日曜の朝、顔を洗った時に、指先が前髪の根本のじっとりとした脂に触れた。途端に、自分のにおいが気になり出し、ソファで隣に座る夫の方が何倍もくさいのにもかかわらず、くさいと思われそうで嫌になった。それで、日曜の夕飯前にはシャワーを浴びた。木曜の夜に入って以来、三日ぶりの風呂だった。

風呂場の鏡に映った自分を見る。髪が脂で頭皮に張り付いている。裸の体は、特に変わったところはないように見えたけれど、洗い場にしゃがむと股の間から生ぐさいにおいがした。固まったおりものが陰毛にからんでいて、取ろうとしたら、毛ごと抜けた。かゆみを感じて首を指でひっかくと、爪と皮膚の間に灰色の垢《あか》が詰まった。シャンプーもボディーソープもいつもより多めに使った。夫は、彼女が風呂に入らなくても、入っても、何も言わなかった。

シャワーを浴びたあとで彼女はスーパーに歩いて行き、二リットルのミネラルウォーターを五本買って来た。それが手で持って帰れる最大量だった。リビングのテーブルに載せると、その重さで床が鳴った。こちらを見た夫に、

「風呂に入らないなら、これで頭と体を流して」

と言うと、夫は傷ついた目をして、

「そんなにくさい？　歯は磨いてるし、顔とか、脇の下とかもちょっと、ティッシュを濡らして拭いたんだけど」

と脇の下に顔を近付けて嗅いでいる。拭いていると言う割に、洗面台に置かれたペットボトルのミネラルウォーターは、さほど減っているようには見えない。

「とにかくこれ全部」と、彼女は五本並べたミネラルウォーターを指さした。「全部、使ってよ」

お願い、とまで言ってしまうと夫が傷つくような気がして、彼女はわざと命令口調でそう言い放ち、ビニール袋をがさがさ鳴らして、自ら風呂場へミネラルウォーターを運んだ。夫は観念したようにその後ろを付いて来て、洗面台の前で服を脱いで裸になった。

そして前と同じように「さむい」と言う。彼女は風呂場の温風スイッチを押し、自分も風呂場に入って空《から》のバスタブの中に立った。

「水かけたげるから、両手で髪とか、体とか洗いなよ」

彼女のことばに夫は頷き、風呂場に入ると、洗い場に座り込んで股を覗き込むように頭を下げた。

「体には、あんまりかけないで。さむいから。頭にお願い」

くぐもった声でそう言われ、そうだお湯ではないのだ、と当たり前のことに思い至る。天井の吹出口から出ている温風が頭に当たっている。とはいえ、二月の風呂場は底のところから冷たく、バスタブの中に立っている彼女の足裏もきんと冷えていた。だけどごめんね、とこれは自分の頭の中だけで言い、彼女は一本目のペットボトルを開けると、ちょろちょろと夫の頭にかけ始めた。

ひょおっ、と夫が短く叫び、ひーっ、と唸《うな》りながら両手で髪をこすり始める。彼女は水がなるべく頭から排水口へまっすぐ落ちていくよう角度を調整しながら、夫の頭へミネラルウォーターをそそいだ。

「シャンプー使う?」

「いや、水だけでいい」

「そう」

ほんとうはシャンプーを使ってほしかったけれど、まずは水で洗ってくれただけでも良しとしなければと思い、それ以上は強く勧めなかった。けれど「もういいよ」と、まだ一本目のペットボトルも使い終わらないうちに言い出した夫の声は無視して、二本目も開けてまるまる頭にかけた。

二本目のペットボトルが空になった時、夫が濡れた頭をあげて、

「頭は、ほんとに、もういいよ」

と言った。しずくが垂れてくるのが冷たいらしく、タオルタオル、とつぶやきながらドアを開け、洗面台に置いてあったクリーム色のタオルを頭に巻き付けた。

つけっぱなしにしている浴室温風で、風呂場はだいぶあたたまっていたが、夫が一瞬開けた脱衣所から冷たい空気が流れ込んできて、そのあまりにもはっきりとした冷たさに彼女はすこし醒《さ》めた気持ちになる。何をしているんだろうと思ってしまうと、右手で抱える二リットルのペットボトルが途端にずっしりと重たい。

「体はどうする？　シャワーみたいに、上からかけようか？」

「いや、やっぱり冷たいよ。ここに出して」

夫が両手でお椀《わん》の形を作ったので、そこに水をそそぐ。夫はそれを足首に一回、股間

に二回、腕ごと手をひねって尻の方に一回かけ、手でこすった。それから片手で小さなお椀を作って、左右それぞれの脇の下をこすり、最後にまた両手のお椀で顔をすすいだ。一回で止めようとしたので、彼女は、

「顔はもう一回洗って。耳の後ろも洗って」

と言って更に水をそそいだ。夫は、

「さっき髪を洗った時に、もう洗えてると思うけど」

と返したものの、彼女に言われたとおり、もう一度顔をすすいで、その手で耳の後ろもこすった。ふうっ、と大げさに息を吐く。風呂場のドアを開けて、かけておいたバスタオルを取り、体を拭き始めた。

ほとんど全身濡れているので、最後に上からざーっと水をかけてしまいたい、と彼女は思ったけれど、夫は清々《すがすが》しく何事も終えましたという顔をしているので、仕方なく風呂場から出る。五本あったミネラルウォーターは、一本余った。脱衣所の空気はしんと冷えていて、彼女の濡れた手足から急速に熱を奪っていった。新しいタオルで彼女が手足を拭いている間に、夫はTシャツと短パンを着こんで、「さむい、ひえた、さむい」と言いながら、一足先にリビングに戻って行った。

遅れて彼女がリビングに入ると、夫はソファの中へ沈み込むように小さくなって、ス

リープにしておいたパソコンを起動させているところだった。膝を曲げて手で足を掴んでいる。

「ちょっとさっぱりした?」

彼女が尋ねると、夫は彼女の顔をちらりと見て、すぐに視線をパソコンの画面に戻し、

「そうでもない」と答えた。終電間際まで残業をした日のような声だった。

「さっぱりした感じより、損《そこ》なわれた感じの方が強いよ」

爆発したような笑い声が響いた。風呂に入る前に見ていたお笑い動画の続きが再生されたのだった。


水ですすいだだけとはいえ、夫はちょっときれいになった。と、感じたのはほんの数日だけで、三日が経つ頃には髪や皮膚の様子が明らかにおかしく見えたし、においもきつくなっていた。汗と尿が交ざったような、けれど妙に甘ったるくもある夫のにおいを嗅ぐと、体がかゆかったり痛かったりするんじゃないの、と心配になる。

衣津実は、スーパーやドラッグストアで、水を使わないでも頭をきれいにできるドライシャンプーや、デオドラントスプレー、石鹸のにおいが付いたウェットタオルを手に取るようになった。わたしも使うから、ということにして買って帰ったけれど、夫は彼

女のためにそれらを一度ずつだけ使って、それきり放置していた。一度も使わないよりたちが悪いと彼女は思う。洗濯機を回す時には、香り付きの柔軟剤をこれまでより多く入れるようにもなった。

「ねえ、この間みたいに、ミネラルウォーターで体をきれいにしない？　せめて」

風呂あがりに夫に声をかけた。せめて、と言ってしまってから、それが夫を責めるような言い方になってしまったと気付く。

リラックスした様子で、体の形を崩してソファに座っていた夫の表情が、みるみる硬くなっていった。いつものように膝に載せたパソコンから、数年前に亡くなった俳優の声が聞こえている。今日は映画をみているらしい。

「それは、どうしてものこと？」

「どうしてもって」

「衣津実は、どうしても、おれに風呂に入ってほしいの」

そう聞かれると、彼女は困った。風呂には入ってほしい。どうしても、と強いことばを付けられると怯《ひる》んでしまうのは、だってあなたのために言ってるんだけど、という気持ちがあるからだった。わたしのためにどうしても入ってほしいのではなく、あなたのためにどうしても。

夫が勤めているのは、オフィス用の机や椅子やディスプレイのリース会社で、夫は新規契約開拓の営業をしている。愚痴はこぼすものの、本気で辞めたいと言っているのは聞いたことがない。夫の髪は目で見てはっきりと分かるくらいぱりぱりに固まっているし、体のにおいは、体臭と呼べる範疇《はんちゅう》をとっくに超えてしまっていた。体がくさくて汚いというのは、どんなに仕事で結果を出そうとも、それら全てが木っ端《こっぱ》みじんになることだった。そもそも営業の仕事をくさいままでまともに続けられるわけがないし、なにより、職場の人にくさいって言われてない？　と聞きたい。言われているのなら、それがどんな調子で放たれたもので、どんなことばを使って告げられたものなのか知りたいし、言われていないとしたら、どんな目で見られているのか知りたい。

「どうしても入ってほしいかって言われたら、そうだよ、入ってほしいよ」

けれど彼女はそう答えた。ここで自分が折れてしまってはいけないと思った。夫は傷ついた顔をして「じゃあ、ペットボトルの水で、洗ってくる」と立ち上がり、台所の床に並べておいた二リットル入りペットボトルを何本か抱えた。

「手伝うよ」

と申し出た彼女を「ううん、一人でできるから大丈夫」と断って、夫は風呂場に向かった。閉じられた浴室のドアの外で、床に水がはねる音を聞きながら、彼女は浴室乾燥機の温風のスイッチを押した。

風呂場で冷たい水をかぶっている夫を残してあたたかいリビングに戻るのは気が引けて、衣津実は寝室に入った。ベッドに腰かけた。布団に入るのは反則であるような気がしたので、掛布団の上にそのまま座った。ハンガーラックに夫のスーツが数着並んでかけられている。どれも傷みが見える。新しいものを買った方がいいかもしれない。

あちらこちらを回って売り込みをする営業の仕事は、静かに物事を考えることが多いあの人にはつらいことも多いのではないか、と彼女は想像する。十数年も続けている仕事について、向いてないいんじゃないか、などと軽々しく口にはできないが、かといってこのまま続けられるのだろうか、とも思う。

「なにしてるの、こんなとこで」

風呂場から出て来た夫が寝室に入ってくる。体にバスタオルを巻いて、手に着替えを持っていた。

「さむいでしょ、ここじゃ」

そう言って、バスタオルを取って着替え始める。Tシャツと短パンを身に着け、さむいさむいとベッドに上ってくる。彼女は夫が布団に入りやすいように腰を浮かせて避《よ》けた。

疲れていて、しんどい時に、自分だったらほうっておいてほしい。間《ま》を置かず内側に飛び込んで、その中にあるものを全部並べて、ひとつひとつ説明していくことで解放されるタイプの人もいるのだろうけれど、彼女はしんどいことを説明するとそれだけでしんどさが嵩増《かさ》ししていくと感じる。だからこそ、あまり踏み込んで聞き出すのは気が進まなかったが、布団の上から夫の腹のあたりに手を当てて、聞いた。

「前に、後輩に水をかけられたって言って、濡れて帰って来た日があったでしょ。あれってなんで、そういうことになったの？」

「あー、うん」

まさか会社でいじめられてるとかでは、ないよね。彼女がそう問いかける前に、しぶしぶといった様子で、夫が話し始めた。

「ほんとうにただの悪ふざけで、飲み会のノリで、上司が後輩にビールかけて、その後輩がやり返そうとして、でも遠慮したのかな、ビールじゃなくて水のグラスを持って、けどなんか……上司じゃなくて、おれにかけてきたんだよね」

なめられているんだ、と衣津実はショックを受けた。夫は職場でなめられている。とても悲しかった。夫は水をかけられたって、誰にも水をかけ返したりしない。なんだよ止めろよと、ふざけた調子で笑いながら言って、思ったよりもぐっしょり濡れてしまうほど水がかかって焦っている後輩が差し出したおしぼりで、ぽんぽんと自分のシャツを拭き、帰り際にもう一度謝ってくる後輩に「いいよいいよ」と、いいよを二回重ねて言うような人なのだ。優しいからなめられる。なめられるのが悪いとか、優しいのがいいとかではなく、ただの事実としてそうだ。

「それはなんか……、ちゃんと怒ってもいいんじゃない？」

「怒っても、仕方なくない？　それにその後輩がんばってて」

「がんばってるって？」

「うん、営業成績がすごく良くて」

夫が笑いながらため息をつき、その息の行き先を隠すように、布団を鼻の上まで持ち上げた。濡れた髪をドライヤーで乾かした方がいいよ、と肩を揺さぶったけれど、夫は「いい。もう寝る」と言って、そのまま寝入ってしまった。衣津実はリビングへ行って、夫が見ていたパソコンの電源と明かりを消した。歯磨きをして寝室に戻ると、うなり声のようないびきが聞こえた。頬を指でつつくといびきは止んで、ぴすぴすと高い鼻息を鳴らし始めた。ベッドに横たわった衣津実は、はっきりと夫のにおいを感じ取った。水を浴びたばかりなのに、もう、水ではどうしようもないのだ、と心もとない気持ちになる。

目を閉じると、夢に落ちて行く前のほの明るいまぶたの裏に、子どもの頃に近所で飼われていた大型の雑種犬の姿が浮かんできた。犬は、小学生だった彼女と、体の大きさはほとんど同じだった。灰色と茶色のまだら色の毛で、いつもへっへっと垂らしていた舌がでろんと長く、頭をなでてやろうと手を伸ばす彼女の腕をしきりに舐《な》めたがった。舐められたところは熱く、唾液が乾くとくさくなったが、身をよじって逃げようとすると逆に喜んでしっぽを振り、舐め続けようと彼女の前側に回り込んでじゃれてくるのがかわいかった。犬だって滅多に風呂に入らない。入らないけど、くさくったって、抱きしめていい。

2
雨

玄関から「ごめん、タオル取ってもらえる？」と、夫に呼ばれた。

タオル、と言われてカーテンを開けたままにしていた窓の外を見ると、衣津実が会社を出た時にはすでにぱらぱらと降り出していた雨が、今は窓越しでも聞こえる強さの音を立てて、地面に叩きつけられていた。風も強い。去年も三月の終わりにこんな風に強い雨が降って、次の日から突然あたたかくなったことを思い出す。リビングを出て、洗面台に畳んで重ねていたフェイスタオルを手に取った。

「濡れちゃった？」

声をかけながら玄関に向かう。

濡れたどころではなかった。玄関のタイルに浅い水たまりができている。その水たまりの中心に、頭のてっぺんから、スーツも、革靴の先まで、余すところなく雨水に浸された夫が立っていた。

彼女はうわあとつぶやいてフェイスタオルを渡し、すぐにバスタオルを取りに洗面台へ引き返した。畳んで重ねているバスタオルの一番上のものを手に取りながら、その手があったんだなあと、妙に感心していた。夫の手には閉じたままのビニール傘があった。

玄関でスーツを脱いで肌着と下着姿になった夫は、「だめだこれも濡れてる」と言って、結局裸になり、

「久しぶりだな、こんなに全身濡れたの」

などとはしゃいだ声を出す。バスタオルで体から拭き始める。拭いたそばから、肩に、腕に、髪からしずくが垂れた。衣津実は、自分が濡れているわけでもないのに急に寒さを感じて、腕まくりしていたパーカーの袖を手首まで下ろし、玄関の脇にしゃがんで、夫の鞄《かばん》の中身を潰した段ボール箱の上に広げた。財布とハンカチが、持ち歩いていたらしいビニール製のエコバッグに包まれて出て来た。エコバッグは湿っているが、中身は無事だった。鞄だけが雨を抜けて来た証拠のように濡れていて、革独特のけもののにおいがした。

夫はターバンのようにタオルを頭に巻いている。このまま風呂に入ればいいのにと思い、「こんな濡れちゃったし、今日はペットボトルのお風呂やる?」と尋ねると、夫は小さく噴き出して「まさか」と答えた。

まさか、と言うには、前にミネラルウォーターで髪と体をすすいだ時からずいぶん日が経っているけど、と彼女は思ったが顔には出さない。夫の裸の腕に鳥肌が立っている。

右手を伸ばして夫の二の腕に触れると、しっとりと内側から冷たい。手のひらの熱が奪われていく。あったかいお風呂に入れないなら、せめて毛布にくるまって体をあたためないと、と彼女が言おうとした時、夫が裸にターバン姿のまま、背後の玄関ドアを振り返った。そのまま数秒間、動きを止めて何か考えている。はっとした彼女が、

「いや、それは」

と、とがめるような声をあげると、夫は首をひねって、わざとらしく「うーん」と唸り、廊下を歩いて、部屋着を置いてある寝室に向かった。全身拭いたはずなのに、廊下のフローリングにぺたぺたと湿った足跡が付く。

夫が新しい下着と肌着、Tシャツと短パンを身に着ける間、衣津実は寝室のドアの前に立ってそれを見ていた。夫は彼女の顔を見ないようにしながらそそくさと着替え、

「ちょっとだけだから」

と玄関に向かった。彼女も黙って夫の後ろを付いて行く。

夫は頭に巻いていたタオルを「あとでまた使う」と言って、玄関先に丸めて置き、裸足にサンダルを履いて出て行った。玄関のドアが小さな音を立てて閉まった。玄関に立つ彼女の前で、ドアが大きな音を立てて閉まってしまわないように、外でドアノブに手を添えてそろそろとドアを閉めた夫の姿が思い浮かび、彼女はため息ともなんともつか

ない息を吐いた。閉じられた玄関ドアの向こう側で、マンションの外階段に続く通路のドアが閉まる音がする。エレベーターは使わなかったんだな、とぼんやり考える。夫が風呂に入らなくなって、一か月が経つ。

洗濯かごから濡れたスーツとシャツを取り出して見てみると、シャツの袖口と襟が土色に汚れていた。長い間蓄積した黒ずみの汚れではなく、夫の体からシャツへ移動したばかりの、明るい色をした汚れだった。シャツの襟を鼻に近付けてみる。目をこすったあとの指のにおいに似ている。湿ったにおい。それを何倍にも濃くした感じ。全部、洗濯機に移して洗剤を入れた。彼のスーツがウォッシャブルスーツで良かったなと思う。別に今すぐに洗わなくてもいいのだろうけど、落ち着かないので何かしていたかった。もっとちゃんと止めれば良かった、と今更後悔する。風呂に入らないのと同じくらい、良くない。

洗濯機が水をかき回す音を立てて洗濯を開始してしまうと、することがなくなった。手持ち無沙汰になってリビングに戻る。つけたままのテレビをうるさく感じて、リモコンで消したけれどすぐに、静かな部屋に雨音が耳障りで、テレビをつけ直した。「春の嵐ですねえ」というニュースキャスターの声が聞こえた。

テレビを消した一瞬耳にしてしまった雨音は激しかった。こんな夜に傘をささないで歩いている人がいたらおかしいと思われるだろう、と彼女は今頃どこかを歩いている夫のことを想像する。普通に傘をさしていたって、足先どころか腰のあたりまで濡れてしまいそうな雨だ。すこしずつ春めいてきたとはいえまだ三月の夜に、Tシャツに短パンとサンダルの男が、びしょ濡れになって歩いているのは、おかしいを通り越して恐ろしい。

彼女が田舎で生まれ育った十八年間よりも、東京に住んでからの時間の方が長くなろうとしている。ちょうど入れ替わりの年だ。来年になれば、東京に住んだ時間の方が長くなるけれど、きっといつまで経っても「ご出身は？」と聞かれ続けるのだろう。東京の人は、平気な顔で排他的に接してくる。そのことに傷つけられもしたが、東京という街の、他人をラベリングしておきながら、そのくせ深く興味を持たないところが、彼女は好きだった。東京からしてみれば彼女は、大学進学と同時に田舎から上京して来てそのまま居着いた、よくいる地方出身者だったし、夫は東京で生まれ育ち、これまでに一度も東京以外の場所に住んだことがない、こちらも典型的な東京出身者だ。そして二人を揃えると、三十代半ばを過ぎても子どもがおらず、共働きで都内のマンションに住んでいて、裕福とまでは言わないがお金には困っていない、東京中にいくらでもいるタイプの夫婦になる。

よくいるタイプでいると、誰からも興味を持たれない。彼女と夫がちょうどよく生活しているのは、お互いに友人がほとんどいないからだった。昔はいたが、その人たちに子どもができると遊ばなくなった。子どもがいる人は子どもがいる人同士で話している方が楽しそうに見える。と、彼女は考えているけれど、実際には、子どもがいる人同士で話している場にいるのがつまらないから、自分で距離を取っているだけなのかもしれなかった。

衣津実も、そのうち自分は子どもを産むのだろうと思っていた。子どもが欲しいというよりも、積極的に子どもが欲しくないわけでないのであれば、いた方がいいだろうと考えていたのだった。それはこれまでの人生の流れにあった、特別な事情がない限り「進学した方がいい」し「就職した方がいい」し「結婚した方がいい」の続きだった。けれど、子どもはできなかった。進学や就職や結婚と違って、意志だけでできるものではないのだな、と衣津実は思った。病院にも通ったが、彼女が三十五歳になったのを機に止めた。最初からすごく欲しかったわけではないから諦めたというのとも違うのかもしれない。子どもがいなくても夫婦二人仲良く過ごしている人たちはたくさんいるし、それっていいことだし、そうするべきだよね、とこれも特にこだわりなく思った。

ニュースが終わって、医療ドラマが始まった。テレビ画面の左上に表示された時間を見る。夫が出かけてから、たっぷり三十分は経っている。スマートフォンをいじりながら、ストーリーの前後も分からないままドラマを眺める。交通事故で人が轢《ひ》かれたシーンで、一瞬だけ父のことを思い出す。意識を失ったサラリーマン役の男性が慌ただしく救急車で運ばれて行く。その髪や肌がやたらと美しく見えた。風呂に入っていないと、急に病院に行くことになった時も困るな、とそんなことを考える。事故現場に居合わせた通行人たちが、救急車が走り去った道の先を心配そうに見つめている。こんなのはうそだ、と思わず笑ってしまう。東京の人たちは忘れ去る技術に長《た》けているから、こんな風に目の前から去って行った物事を咀嚼《そしゃく》し続けたりしない。だから大丈夫。ここは東京だから、三月の夜に大雨に打たれてびしょ濡れになっていたって、そんな男のことは誰も気にしない。すれ違う時に一瞬ぎょっとして、びしょびしょだなあと思うだけで、数メートルも歩けば頭の中から消え去ってしまうだろう。

手術シーンの途中で、玄関ドアの開く音がした。テレビを消して玄関に向かうと、夫がバスタオルで体を拭いているところだった。唇が白い。「大丈夫?」と声をかけると、夫は明るい顔で頷いた。

「最初はなるべく人が通らなそうな細い通りを歩いてたんだけど、ちょうど家から出て来た人と鉢合わせてぎょっとした顔をされて。なるほど細い道より大きな道の方が、人目があるぶん、逆に気にされないんじゃないかと思って、あの、パン屋とか弁当屋とかがある通りの方に行って、何人かとすれ違ったけどみんな全然おれのことなんか気にしないね。一刻も早く帰りたいって感じで、両手で傘を低くかかげて歩いてた。全然気にされないもんだから、もしかして歩かないで止まっててもいいんじゃないかと思って、立ち止まってみたら、さすがにちらっとは見られたけど……ちらっと見られる以上のことはなかったから、そのまま止まってた。両腕を広げると、たくさんの雨が同時にあちこちに当たってはねているのがよく分かった。音が、すごく大きかった。傘をさしていると聞こえない音なんだろうと思った。立ち止まって耳を澄ますと、雨は、大きい音を立てながら空から落ちてきてた。しばらくは通りに立っていたんだけど、人が通る度にちらっと見られるし、おれもその人をちらっと見返すのが面倒になってきて、公園に移動した。公園には当たり前だけど誰もいなかった。時々見かけるホームレスの人もいなかった。ベンチが雨で洗い流されて、ライトに照らされてつやつやに光ってたから、そこに座ったり、上向きに寝転がったりした。途中でそうだって思い出して、髪や腕や足や……洗えると思ったところは全部、なるべくこすってみたから、ちょっとはきれいになったかもしれない」

夫はそれだけのことを一気に話すと、「どう？」と付け加えて、自分の腕や足に視線を落とした。彼女もその視線を追って、夫の毛の生えた腕や足を見た。浮き出た骨の形に沿って、雨粒が流れ落ちて、玄関のタイルに吸い込まれていった。

夫がたくさんのことばを、魂を込めて話すのは風呂に入らなくなって以来初めてのことだった。ほんとうは、さっきあなたのことを考えながらインターネットで近くの病院を検索していたのよ、という話がしたかった。歩いて行ける範囲にもいくつか該当の病院はあるようだった。ホームページにはあわいピンク色の文字で『心のクリニック』と書いてあって、それが精神科の病院なのか、カウンセラーがカウンセリングをしてくれる類のものなのか判断しかねたし、そもそもその二つがどう違っているものなのか、もしかしたら同じものなのかということも、彼女には区別がつかなかったが、今のこの状態を無関係の誰かに判断してほしいと思っていた。雨の夜に立ち尽くしていたって誰も声をかけてくれないこの街では、声を大きくあげないと何も起こっていないのと同じになってしまう。

一度目に帰って来た時と同じように、夫は玄関で服を脱いで裸になり、足裏までタオルで丁寧に拭いていたのに、リビングへ歩いて行く足音はぺたぺたと水音を含み、フローリングの床にはくもった足跡が付いた。

夫の短い髪は、ドライヤーを使わずとも布団に入る頃には乾いていた。おやすみを言い合って明かりを消し、目を閉じると、夫から雨のにおいがした。昨日までどこか懐かしく嗅いでいた子ども時代の犬のイメージは去り、そこにはざあざあと降り落ちて来る大量の雨のイメージが居座った。まぶたの裏から溢れてしまいそうだった。せき止めるように固くつむった目の奥で、彼女は台風ちゃんと名付けた魚のことを思い出した。

その年の夏も台風が来た。

小学生だった衣津実は、台風が去ったあとの川が好きだった。しばらく雨が降らないとすぐに水が途切れ白く乾いた石がくさくなるいつもの川とは違う、乱暴な音を立てて水が次々に流れて去って行く川を見ると、妙に誇らしい気持ちになった。

泥色に濁った水が川幅いっぱいに勢いよく流れていた。ウーッ、と高いような低いような音でサイレンが鳴って、『かわが・ぞうすい・しています・あぶない・ですので・ちかづかない・ように・しましょう』というアナウンスが流れた。女の人の声で、録音されているらしく同じ調子で何度も繰り返す。あぶない・ですので・あぶない・ですので。

普段は野球やサッカーで使われている広い河川敷《かせんじき》は、手当たり次第スコップで掘って飽きたら別の場所を掘る遊びをしたあとみたいに、でこぼこになっていた。川が氾濫して、河川敷の上まで水が流れていたから、地面がひっくり返されているのだった。あちこちに水たまりができている。大きいのも小さいのもある。彼女はなるべく大きい水たまりから順に覗いていった。川の水でできた水たまりの中には、魚がいる。

その正体は分からないまま、小さい魚はメダカ、大きな魚はアユと呼んで捕まえた。川で遊ぶ子どもたちの家にはみんな水槽があって、捕まえた魚を飼っていたけれど、次の季節まで生きる魚はほとんどいなかった。今年の魚を自分のものにしたあとで、残っている魚は川へ運んで放してやった。流れが急になっている川には近付くなと大人に言われていたので、すこし離れた場所から投げて入れた。ほうっておくと数日で水たまりが乾いてアユもメダカも死ぬし、死んだらカラスが飛んできて食べるし、食べ残しは腐ってくさくなるから、そうするのが一番良かった。だけど、あのごおごお音を立てて流れる泥色の川に放り込まれて、生き延びられるのかは分からない。ほうっておくと間違いなく死ぬけれど、確かに命を助けられているというわけでもない。可能性をややあげるだけの遊びだった。

衣津実がその魚を見つけたのも、そんな、小さくなった水たまりの中だった。台風が過ぎて三日は経っていたと思う。大きな魚は粗方《あらかた》川に返していたし、返し切れなかった魚はカラスに食べられていた。川の水も徐々に透明度を取り戻して、流れも緩やかになりつつあった。野球やサッカーのチームが、木のトンボでだんだんになった地面を均《なら》している場所もあった。

それは、河川敷の中でも一番川から遠い、歩道にあがる階段のそばの、雑草が生い茂っている中の水たまりにいた。そのあたりは草や木の根で地面がしっかりしているので、川が氾濫しても地面がでこぼこしにくいのだけれど、そこは元々大きな石が頭だけ出して埋まっていたところで、子どもの頭くらいの大きさの穴が空いていた。石は、台風が来る数日前に、なんとなく掘り出していた。なんとなく目について、なんとなく掘り出そうとしたら地面の上に出ているのは五分の一ほどで、実はけっこう大きい石だということが分かり、周りの土を掘って取り出す作業に熱中して、友だちと一緒にはあはあ言いながら掘り出したのだった。そういうなんとなく必死になることが、子どもの頃には頻繁にあったような気がする。

穴は川の水で流されて、石を取り出した時よりも心なしか大きくなっていた。雑草が生えているあたりの土は、河川敷と比べると、砂というより泥っぽくて、水たまりも他よりぐっと濁っていた。全然中が見えない。腕を差し入れると、肘《ひじ》のあたりまですっぽり入った。腕の浸かった水は日に照らされてぬるいのに、水たまりの底はひんやりと冷たかった。

ひんやりした感触が気持ちよくて、指を底の泥に突き刺していく。爪と皮膚の隙間に細かな砂が入り込む感触。ゆるくなった地面はぐずぐずとほどけて、指はどこまでも沈んでいけそうだった。五本の指全部を泥の中へ突っ込んでいる時、手の甲に何かが触れた。横にすっとなぞるように右から左へ泳いで行った。目をこらしたけど何も見えない。泥から指を出して、両方の手で水の中をかき回した。何度も指先に、手の甲に、手首の外側に何かが触れては避けていく感触がした。衣津実は水たまりから手を出すと、脇に置いていたバケツで、水を汲《く》み取った。汲んでは後ろの雑草へかけて捨てる。三度、四度と繰り返す。水はみるみる減って、穴の茶色い壁が現れた。底に手のひらをぺったり付けても手首の上までしか水に浸からないくらいの深さになった頃、初めて魚の姿が見えた。彼女は両手で魚をすくって、バケツに入れた。

一年が経ってもその魚は生きていた。とっくに飽きて世話をしなくなっていた衣津実に代わって、母がホームセンターで買った金魚の餌をやっていた。玄関の靴箱の上に置かれた水槽の内側には、びっしりと黒っぽい苔《こけ》が生えていて、水のくささが我慢できなくなると、水槽を傾けてバケツに水を移して捨て、減った分は水道水を足した。カルキ抜きをしていない水を入れられても、魚は平気そうに泳いでいた。

なんで生きとんだろうねえこれ、と母が首を傾げた。魚なんやから、水と食べるもんあったら生きていけるやろ、と父が言った。大切にする、せんとか関係ないんじゃねえ、と母はなぜだか愉快そうに笑い、衣津実に、まだまだ死にそうにないし名前付けたら、と言った。そう言われてみて初めて、犬や猫を飼っている友だちがそれらに名前を付けていることに思い至った。名前を付けた方がいいかもしれない。けれどポチとかタマとかいう名前は全然似合わない。彼女は迷って、それが良いのか分からないけど、台風、と名付けた。それは名前らしくなかった。だから、それを呼ぶ時には名前みたいに聞こえるように、台風ちゃんと呼んだ。

*

雨が降る度に傘を持たずに出かけて行く夫に、衣津実が「近所の人に見られないようにしてよ」と注意すると、「近所の人って例えば誰？」と怪訝《けげん》そうな顔をされた。その素朴な問いに、そうだ、時々忘れてしまうけれどこの人は東京で生まれ育った人なのだ、と彼女は思い出す。夫の実家は二人の住むマンションから電車で二十分ほどのところにある。そちらもやはり都内のマンションで、今は義父母が二人で暮らしている。

夫と結婚してすぐの頃、義父母の家を初めて訪ねた時に、廊下で義母と同じ年ごろの女性とすれ違った。夫と彼女は会釈して「こんにちは」と言った。通り過ぎて十分に距離が離れた頃、衣津実が夫に、「ごめん、ちゃんとご挨拶した方が良かったかな。結婚しましたって」と尋ねると、夫は冗談を言われた時のように口を斜めにして目を見開き、リアクションを取ろうとして、取る前に、眉がすっと下に下がり、「え、どういうこと？今の人に？」と驚いた声をあげた。

「だって、今のって近所の人だよね？」

「近所の人って……同じマンションの人だけど、名前も知らないよ。多分あの角の部屋に住んでる人。旦那さんと二人暮らしかなあ、多分、分かんないけど。あ、この部屋だから」

夫の実家の部屋の前に着き、その話はすっぱりと終わった。彼女は丁寧に整えた笑顔を義父母に向けて挨拶している間、頭の中では、夫が短い説明のうちに多分を二回も言ったなあということと、東京には近所の人というのはいないのだということを考えていた。

衣津実も夫も、マンションの隣の部屋の人の名前すら覚えていない。それでも彼女は、誰かが自分たちを見ている気がする。「ご近所さん」という存在が、彼女や夫を見ていて、ご近所さん同士で「変だね」「変」と言い合う、そんなイメージがぬぐえない。

夫がびしょびしょに濡れて帰って来る度に、きっと今日も近所の人に見られたと彼女は内心でそっと思う。口に出して言わないので、夫は彼女がそんなことを考えているとは思わない。玄関でずぶ濡れになった服を脱いで、彼女がそれを受け取っている時に、閉じられた玄関のドアの向こうに近所の人の気配を感じているなどという話にはならない。

春の嵐以降の一か月間で、雨が夜に降ったのは三日だけだった。四月の初めに一日、次の週に二日続けて降った。夫は三日とも濡れに出かけた。

連日雨が降った二日目、衣津実は「昨日も行ったし、今日は濡れなくてもいいんじゃない」と引き留めたが、夫は「昨日表面の汚れを流したから、今日はさらに奥の汚れが取れるはず」と張り切って出かけた。まだ汚れとか、においとかを気にする気持ちはあるんだなと、彼女は意外だった。

日付が変わる頃、一日目より長い時間をかけて濡れて帰って来た夫の唇は、限りなく赤が抜けた色をしていて、翌朝、顔が赤いので体温計を当てたら三十八度を超えていた。「しまった」と悲しい顔をして布団に潜り込んだ夫のおでこに冷却シートを貼ったが、すぐにはがれて落ちてしまった。水色の冷却シートを見ると、びっしり皮脂が付いていたので捨てた。彼女はペットボトルのミネラルウォーターにタオルを浸して夫の顔を拭き、新しい冷却シートを貼り直した。

風邪をひくくらいなら体をきれいにしようとしなくたっていいよ、と彼女は夫に言ってみたけれど、「思ってないでしょ」とすぐさま言い返された。そんなことないよ、と彼女は思うが口には出さない。夫の風邪は数日で治ったが、それから二週間ほどは、夜出歩ける時間帯に雨が降ることはなかった。衣津実はほっとし、夫はしぶしぶミネラルウォーターを頭からかぶった。

ゴールデンウィーク中に「これ買ってきた」と、夫がリビングの床に広げてみせたのは、灯油をストーブに移し替えるのに使うような透明の太いホースと、大振りのフライパンのような形をした銀板、それからプラスチックの黄色いバケツだった。そばにホームセンターの袋が丸めて置かれていた。

彼女は銀板を持ち上げてみた。見た目よりは重たくない。やはりフライパンに似ているが、まんなかに穴が空いている。

「なにに使うのこれ」

「雨があんまり降らないから、溜めてみようと思って」

「溜める？」

「うん、これに」

と言って黄色いバケツを指さす。

夫はそれらを持ってベランダに出て行く。ベランダは、洗濯物を干すと歩く隙間もないくらいの広さしかない。布団を干す時には洗濯物は干せないし、二組ある布団は、一組ずつしか干せない。

その狭いベランダの隅の、隣の部屋との境界になっている灰色の仕切りの横に、夫は黄色いバケツを置いて、布団を干す時に引っかけている外壁代わりの手すりに、針金とガムテープで銀板を取り付けた。銀板に空いた穴からバケツへホースをつなぐ。

「このフライパンのところに降ってきた雨が、下のバケツに溜まるようになってるんだよ」

と夫は説明してみせた。彼女は体を室内に置いたまま顔だけ外に出してそれを見ていたが、そのうち息を吐いてスリッパを履き替え、夫に近付いた。近くで見ると、銀板の設置は見るからにやっつけ仕事で、家庭用のガムテープで補強されているものの、雨に濡れたらすぐに取れてしまいそうだった。

「これ、雨は入るかもしれないけど、虫とかも入りそうでやだな」

「うーん、じゃあ、雨水が溜まったら風呂場じゃなくて、ベランダで水をかぶるようにするから」

　彼女は、風呂場に運んで使うつもりだったのかと驚きながら、

「それならいいけど。でも、水をかぶるだけだったら別に、ペットボトルのでもいいじゃん。まだあるよ」

　と首を曲げて部屋の方を向くが、ペットボトルのミネラルウォーターは台所の床に置いてあるのでベランダからは見えない。

「ペットボトルの水より、雨の方がいいよ。全然いい」

　ふと、夫の腕にゴミが付いているのが目に入った。取ってあげようと思い手を伸ばし、触れる直前にそれがゴミではなく夫の皮膚だと気付いたが、勢いに任せてそのまま摑む。大胆に日焼けしたあとのように大きくめくれた皮膚を引っ張ると、粘着力の弱まったセロハンテープをはがす時に似た、かすかな抵抗感があった。ぴっと腕から離れる。はがした跡はまだらに赤く、痛そうというよりはかゆそうに見えた。

　はがした皮膚を手のひらに載せてまじまじと見つめる。夫は作業する手を止めないまま横目でそれを見遣《みや》り、「すごいでしょう、それ」と他人事《ひとごと》のように言った。びっと音を立ててガムテープを広げ、銀板をさらに補強し始める。横顔がいきいきしている。彼女はベランダの空気にため息を放ち、部屋に戻る。網戸を閉める。

もしかして、今、夫は狂っているんだろうか。

彼女はそれが分からない。どちらなのか知りたい。一緒に暮らしているのに、違うものが見えているように感じる。置いてけぼりをくらうかもしれない——そう思いついて、どこに置いていかれるのだろう、と考える。スリッパを履いているのに、足裏が急に冷たい。

数年前に父が車の事故で死んだ。その数週間後に会った友人に、「実は最近父が亡くなって」と話した時、同情した顔で「でも全然分かんなかったよ、言ってくれるまで。思ったより平気そうで良かったよ」と言われた。平気そうに見えるなら、そう見えてしまっている自分が許せないし、そう見てしまったこの子をもう、殺してしまいたいな、と衣津実は思った。けれど、父が死んだばかりで誰かを殺したいと思うなんて良くないことだ、この子に対してではなく死んでしまった父に対して良くないとなぜだか強く、深く悲しく思い、この子を殺してしまいたいと考えるのは止めたのだった。

平気そうに見えたのは母も同じで、父の葬儀や事後処理に追われた間だけでなく、慌ただしさが落ち着いたあとも、人目のあるところで浮かべているのは、残念で悲しいという表情だった。憔悴《しょうすい》しきってもう生きていけないというような、ご愁傷様と声をかけるのもためらわれるような様子は、一度も見せなかった。気丈に振舞うというのとも違う。そういうところが似ている、と衣津実は思う。わたしたちは、持ち堪《こた》えてしまう。狂うということは、感情の爆発の先にあるのだろうか。苦しさでいっぱいになったり、悲しみに暮れて耐えられなくなったりしたら、頭の中がそれだけに支配されて、感情が振り切れるのだろうか。

夫はそういう風には見えないけれど、外から見えないから感情が爆発していないとも限らない。衣津実にも、内側で誰の声も届かないほどの暴風が吹きすさんで、ずたずたになった心の中身が、自分でも想定していないほど遠くの、意外な場所まで飛んで行ってしまう時がある。ただ、彼女は手で耳を覆って、誰の声も聞こえなくなる代わりに嵐の音も聞こえないようにできるし、心が繊維状に散り散りに破れてしまっても、それを拾い集めてより合わせ、前と同じ形に似せることもできる。それは、そうしようと決意しているわけではなくて、子どもの頃から自然とそうしてしまうのだった。親に似たのかもしれない。

亡くなった父は、まっとうな人だった。地元の国立大学を出て第一地銀に入行し、役員にまでなった。夏と冬には、実家にお中元とお歳暮の品がたくさん届いた。メロンや外国産のチョコレート、田舎では売っていない東京のお菓子もあった。大阪へ出張に行った時に仕立てたスーツを着ていた。毎朝早く起きて、母の淹《い》れたコーヒーを飲みながら数種類の新聞を広げて読んでいた。

小学校の行事で焼き芋を作ることになり、古新聞を持ち寄るように言われ、持てるだけたくさん抱えて登校した。彼女が持ってきた新聞紙を見たクラスメートは、「衣津実ちゃんだけいろんなの持ってる」と言って感心した。その時、だいたいの家庭では、新聞は一種類しか取らないのだと知った。彼女は、お父さんは賢い、と思った。父親は彼女にも優しかった。休日には遊びに連れて行ってもらった。運動会や音楽会など、休日にあった学校行事には全て来てくれた。よそのお父さんたちのように、彼女の友だちに「バーの姉ちゃんみたいな服着とるのお」などといった下卑《げび》た冗談を言わなかった。友だちから優しいお父さんで羨ましいと言われることがあったし、直接言われなくても、周りから「いいな」と思われていることは分かった。同級生からも、学校の先生からも、近所の人からも、親戚からも。

夜中に目が覚めた。まだ小学生の時だったと思う。こわい夢を見た。川と台風ちゃんが出て来る夢だった。そういえば今日台風ちゃんに餌をやったっけ、と餌やりなど普段は母に押し付けて自分では滅多にやらないくせに、妙に気になり出し、もう夜中だけど、ちょっとだけあげよう、と思って布団から抜け出した。じっとりした汗でパジャマが湿っていた。

寝室に両親の姿はなく、彼女は起き上がって部屋を出た。実家は二階建ての一軒家で、寝室は二階に、リビングは一階にあった。階段を半分まで下りたところで、リビングで話をしている両親の声が聞こえた。母が「お義母《かあ》さんのことだけど、もう、つらい」と言った。彼女は階段の途中で立ち止まり、息を殺して耳を澄ませた。それは確かに母の声だったけれど、彼女には向けられたことのない厳しさをにじませていた。それに応える父の声も聞こえた。

「ほんとうにつらかったら、病気になるだろう。おまえは大丈夫だよ。がんばってるじゃないか」

生まれてから一度も県外に住んだことがないはずなのに、父は標準語に近いことばで話した。仕事でしょっちゅう県外に出張に出ていたからかもしれないし、標準語で書かれた新聞を毎日読んでいたからかもしれない。父が賢く見えるのは、ことばのせいもあるかもしれなかった。

父は、母を励ますように、職場にいるうつ病になった同僚が、うつ病になる前どれほど大変な仕事を任されていたか、家族に悲惨な不幸があったか、長い時間をかけてたくさんの事例を挙げ説明した。

「津夕子《つゆこ》は、」

その時、父が母を「ママ」ではなく名前で呼ぶのを初めて聞いた。

「津夕子は、病気になるような弱い人間とはできが違う。さすがおれの見込んだ女だよ」

衣津実は、そういうものなのかと思った。賢い父の言うことだし、母を励ましていて優しいし、母も「がんばる」と応えていたから。世の中には病気になるほどしんどいことがある人だっていて、だけど、お母さんはまだ病気になってないから大丈夫なんだ。

その話を階段で聞いてしまったことは、両親にばれてはいけないような気がした。彼女は足音を殺して階段を上った。台風ちゃんの餌のことはもう考えなかった。足裏に汗をかいていて、慎重に歩いているのにペタンと音がした。空気が鼻を通って体に入って行く音を、いつもより大きく感じた。寝室に戻りタオルケットにくるまりながら、父と母が話していたのは大人の世界の話だと思った。だから自分は、大人になるまで、きっとこのことを覚えているだろう。

ゴールデンウィークが終わった数日後、ようやく雨が降った。夫は何度もベランダに出て、黄色いバケツに溜まっていく雨水を確認した。そして翌朝、雨があがって明るく晴れた空が見えるベランダで、頭から水をかぶった。

雨水はバケツの半分ほどまで溜まっていた。衣津実は一晩でこんなに溜まるんだなと感心したが、夫は「これだけか。一回分しかないな」と残念そうにしていた。夫の抱えるバケツの中で、水は黄色いプラスチックの色を映してきらめき、けれどその光のきらめきの中には、白っぽくぐにゃりとした埃がいくつも浮き、表面は脂の浮いたラーメンの汁のように歪《ゆが》んでいた。

ねえそれ汚いんじゃないの。ということばを彼女はのみ込んだ。夫が風呂に入らなくなって、三か月になる。

夫の体からはすえたにおいがしていて、服にいくら消臭スプレーや香りの強い柔軟剤を使っても、もう隠し切れなかった。彼女の中で夫のにおいが犬や雨水と結びつくこともあったけれど、この頃は、何かに似ているとか、何かをイメージするよりも前に、単純にくさい。近くに寄ると、まず嗅覚を遮断したくなる。口呼吸を挟みながら、鼻腔を狭めて細く息をする。だんだん慣れてくる。慣れてくると、脳が自動でにおいの分析を始める。成分は、汗と尿と埃。毎日すこしずつ違う。今日のににおいに似ているのは、自販機の隣の缶・ペットボトル専用のゴミ箱。残念ながら犬でも雨でもない。そんな風だから、雨水でもなんでも、水をかぶってこすった方がいいに違いなかった。

外から子どもの声が聞こえた。手すりから顔を出して下を覗くと、小学生が数人で一列になり、登校して行くところだった。何が楽しいのか大声で笑いながら、けれど列を乱さず一列で進んで行く。二列で歩かないようにと厳しく言われているんだろうな、そしてそれをきちんと守っているんだろうな。わたしたちもそうしてきた、と彼女は思う。

ベランダで頭から雨水をかぶった割に、夫の体はあまり濡れていなかった。バケツの雨水は、主に夫の頭と肩にかかって落ちたあと、ベランダの排水口に向かった。排水口は長い間掃除していないせいで、掃除機の紙パックの中身を取り出したような埃の塊にぐるりと囲まれていた。夫から落ちた水は、その埃の周辺に一度溜まって、それからゆっくり吸われてのまれていった。

夫はバケツを下ろして、濡れた頭を両手でがしがしと掻いた。湿った臭気が、部屋の中にいる彼女の鼻にまで届いた。ずりゅんと頭の皮が剝《む》け、夫の指の間に溜まっている。彼女は台所に行って、ミネラルウォーターのペットボトルを持って来た。黙って蓋を開けて、夫の頭上にかざす。それに気付いた夫も、黙って頭を下げ、排水口に近付ける。ミネラルウォーターが透明で澄んだ一筋の線になって夫の頭に落ちて行く。空気を飲んだペットボトルがごぽんと音を立て、まっすぐに落ちていた水の線が一瞬乱れる。そしてまたまっすぐに戻る。

夫の頭と指の間からぼろぼろと白い皮の塊が流れ落ち、排水口の周りの埃に引っかかったが、そのままミネラルウォーターを流し続けたら消えた。それは、埃の間をかいくぐって排水口に落ちていったに違いなかったが、彼女の目には夫の皮膚が溶けていったように見えた。

「もういいや。ありがとう」

二リットル入りペットボトルの半分ほどを流したところで、夫が頭をあげた。

「でもまだ半分残ってるから」

「全部使わなくてもいいじゃん、飲めば」

「飲めば？」

意外だという風に聞き返した彼女のことばに、夫は確かに傷ついた様子で眉をひそめ、けれどすぐにその眉の動かし方は彼女を非難しているように受け取られてしまうと思ったようで、目をふせると「いや」と言った。「おれ、飲む」と手を伸ばして、彼女からペットボトルを受け取る。水がたっぷりと揺れた。

この水の続きを飲みたくないと言っているように受け取られてしまった。そういう意味ではないけど、ただ、ベランダで夫に向けてそそぎ始めた時点で、この水の用途は決定したような感じがして、だから、全部使い切るのがいいと思ったのだけど。

夫に傷つかれたことに、彼女はうっすらとした苛立《いらだ》ちを感じ、タオルで頭と体を拭いている夫をベランダに残して、リビングへ戻った。つけっぱなしにしていたテレビで時間を確認する。急いで準備しないと遅刻しそうだった。

部屋着のスウェットから白い襟なしのブラウスと膝丈の黒いスカートに着替える。足にはストッキングをはく。髪を頭の後ろでひとつに束ね、後れ毛が残るように首の下の髪を指で引っ張って出す。洗面台の前に立って化粧下地を塗り、ファンデーションを塗り、頰にオレンジのチークを塗り、まぶたにこげ茶のアイシャドウを塗り、まつげにファイバー入りのマスカラを塗り、唇にリップクリームと暗めの赤い口紅を塗った。ノーカラーのジャケットは今は畳んで鞄に入れておき、職場に着いたら着る。

彼女の後ろに夫が立った。鏡越しに目が合い、ちょっと待って、と目で伝える。夫は歯を磨きたいらしく、手にはさっき余ったミネラルウォーターのペットボトルを持っていた。肘でつつける距離にいると、今水ですすいだばかりなのに、においがきつい。髪と頭皮が濡れた分、においに湿度があって、重たい。夏の夕暮れ時の、短い夕立のあと、アスファルトから立ち上る湯気の生ぐささを思い出す。

夫は電車通勤だけれど、周りの人はどう思っているのだろう。他人のにおいなんて案外気にならないのかもしれないな、などと自分でも信じられないくせにそんな風に考えてみる。うっかり大きく息を吸ってしまうと、鼻だけでなく目にも刺激があって、涙がにじんだ。

彼女はふと、まじまじと鏡に映る自分を見た。三十六歳の代表としてどこに出しても恥ずかしくない、当たり前みたいな化粧と髪型と服装をしている。夫は三か月も風呂に入っていないのに、妻の自分はアイシャドウまで塗っていると思うとおかしかった。まぶたに色を付けてどうするの。問いかけると、鏡の中で表情の変化が止まった。

夫が使い終えたタオルを洗濯かごに放る。赤茶色の汚れがまだらに付いている。

「じゃ、行ってきます」

いつもどおり、彼女の方が夫よりも早く家を出る。夫は歯ブラシを口に突っ込んだまま、声を出さずに手を振った。歯磨き粉のチューブが、彼女が使って置いた位置から移動しなくなったのは、数週間前からだ。夫は髪にシャンプーを使うのを止めた。体に石鹸を使うのを止め、今は歯に歯磨き粉を使うのを止めた。彼女が玄関で靴を履いている間に、背後で夫が口から水を吐く音が聞こえる。くしゅくしゅぺっ、の間にペットボトルから水が落ちて行く音が挟まる。

義母から電話がかかってきたのは昼休憩が終わったすぐあとだった。衣津実は近所の定食屋で昼食をとり、自席に戻ってきたばかりだったので、少々ばつの悪い思いをしながらスマートフォンを手に取り、周りに無言で会釈して事務室を出た。足早に廊下を進み、倉庫が並ぶ人通りの多い入口を避け、通用口の前で立ち止まった。義母からいきなり電話がくるなんて初めてのことだった。何かあったのだろう、義父か誰かが体調を崩したか、親戚に不幸があったか、としても夫ではなくわたしに電話というのはなぜだろう、と一瞬でそれらのことを頭の中に並べて準備した。肺の奥まで深く息を吸って、電話に出る。

「もしもし、衣津実さん？　ごめんなさいね、お仕事中でしょ。夜にかけようかとも思ったんだけど、ちょっと急いだ方がいいかもしれなくて」

「大丈夫です。今ちょうど、きりがいいところだったので」と、とっさにうそをつく。

「どうされましたか？」

「うーん、ちょっとね、あのね、研志は元気にしてる？」

「研志さんですか」

風呂のことが頭に浮かんだ。ベランダの排水口に溶けていった白いふけのことも。

「風邪とかは、ひいてないですよ。今日も普通に出勤していますし」

答えながら、どうしてもうすこしうまく立ち回れないのかと、彼女は早くも後悔している。元気ですよ、とただ一言だけ返せばいいのに、余計なことを付け加えてしまう。けれどそもそも、義母は夫のことで電話してきたに違いないので、元気かどうかという質問はおとりなのかもしれなかった。「そう」と義母はつぶやき、すこしの沈黙が流れた。

「あのう」

彼女が声をかけると、義母が「ええとねえ」としぶりながら話を切り出した。

「研志の職場から、電話があってね。様子がおかしいって。ここのところずっと体調が悪そうに見えるというか……、仕事はしているみたいなんだけど、なんていうか、電話をかけてらした方の説明も曖昧《あいまい》で、よく分からなくて。とにかく、様子を見てほしいって言われたものだから。研志に電話しようかとも思ったんだけど、まずは衣津実さんに聞いてみようって思って、それで」

彼女はスマートフォンを握る手を右から左へ替えた。さっと周りを見渡し、廊下に人影のないことを確認する。

「電話、あの、研志さんの職場の方って、どなたから……、どうしてお義母さんに？」

「大西《おおにし》さんって方。五十代くらいの声の、男性の。研志の上司だっておっしゃっていたけど。うちの番号は、研志が入社した時に出した書類の、緊急連絡先に書いてあって、それでかけたって」

なるほど、と彼女は一瞬騙《だま》されそうになる。新卒で入社した時、夫は独身だったので、緊急連絡先に実家の電話番号を記入して出したのだろう。けれど、今は夫婦二人で暮らしているとみんな知っているはずだった。十年前の結婚式には夫の同僚が出席していたし、上司は乾杯の挨拶もしてくれた。二人で暮らし始めたマンションに何人か遊びに来たこともある。衣津実の連絡先が分からなかったのだろう。だから、義母に連絡がいったのだろう。けれど、そこで「奥さんの連絡先は分かりますか？」とは聞いてくれなかったのだ。短く目をつむる。自分の勘違いだろうかと見過ごしそうになるくらい、細く小さい、悪意の気配がした。

「ねえ、衣津実さん。研志はほんとうに元気にしてる？　なにか病気をしているんじゃないの。なにか……体だけじゃなくて、心の病気とか」

義母はそれを聞きたかったのだ、と一段慎重になった声色で気付く。心の病気、ということばを、義母は風呂敷に包んだまま差し出した手土産のように丁寧に発声した。

そうですね、うーん、そうですね、と相槌《あいづち》ばかりで明確な答えを返さない衣津実に、義母はしびれを切らしたというよりは、すこしずつ溜まってきていた心配が限界点を超えて溢れ出したように、

「わたし、今日、会いに行くわ」
と告げた。大声ではなかったものの、はっきりとした、ゆるぎない声だった。「行くわね」と重ねて静かに言う。「だって心配だもの。行くわ」と更に重ね、「十九時頃には帰って来るかしら？　大丸《だいまる》の地下でお惣菜を買って行くわね。それで、晩ご飯にしましょう」と段取りを決め、衣津実がぐずぐずとことばにならないことばを返している間に、じゃあまたあとで、と電話は切られた。

衣津実はその日片付けようと思っていた仕事を残したまま、定時で退社した。「お疲れさまです」の代わりに「すみません」と言って、しらじらしい反応しか返ってこないと分かっているのに「すみません」と二度言って、頭を下げるふりをして顔を隠して帰って来た。

最寄り駅に着いたところで、家にある飲み物がビールとミネラルウォーターだけだと思い出し、スーパーに寄って紅茶のティーバッグとインスタントコーヒーを買った。彼女も夫もコーヒーは苦手で、紅茶もあまり飲まないので、どれがいいものだか分からない。リプトンというのは聞いたことがあると思い、それにした。マンションに着いたのは十八時前だった。リビングの床やソファの上に散らかった、脱ぎっぱなしの服や読んだままの雑誌や漫画や本を、全て寝室へ押し込み、台所に溜まっていた大量のペットボトルは、大袋に入れてマンションのゴミ置き場に運んだ。

急いで掃除機をかけ、窓を全部網戸にして換気し、テーブルを除菌ウェットティッシュで拭き終えた頃、玄関の開く音がした。夫が帰って来たのだと気付き、同時に、義母が来ると伝えていないことに思い至った。どう説明しようか、急に顔が見たくなったらしくて来るのよとかなんとか、これまで一度もそんなことはなかったのにわざとらしすぎるうそをつくのか、と思考を巡らせながら「おかえり」と言って玄関へ向かうと、夫の後ろに義母が立っていた。面食らって「えっ」と声が出る。夫が彼女の顔を見つめ、

「ごめん急に。久しぶりに顔が見たいなんて連絡が、きたもんだから」

と言うのだけれど、ごめんと謝っている割にはその声は静かな怒気をはらんでいるように響いた。彼女は「急にびっくりした。掃除とか準備とかいろいろあるんだから先に連絡してよね」と、妻らしく軽い小言を言うべきだろうかと一瞬思ったけれど、片付いたリビングを見られればすぐに何もかもお見通しになるなと思って止めた。

「衣津実さん、急にごめんなさいね、お仕事で疲れてるところ。あ、ほらこれね、買ってきたから食べましょ、晩ご飯」

義母が大丸の紙袋を抱えて見せる。丸《まる》の内《うち》に本店がある食品メーカーで定年まで勤め、

今はパートタイムで勤務している義母は、うすいブラウンのジャケットと若草の模様のスカートを着ている。化粧を直したばかりらしく、ファンデーションが均一に乗った肌はとても六十歳を超えているようには見えない。掃除ばかりしていないで化粧を直しておけば良かった、と内心思いながら、衣津実は精一杯楽しげに見えるようにほほ笑み、「どうぞ」とスリッパを差し出した。義母が玄関に揃えて脱いだパンプスは、隣に並ぶ衣津実のものよりも三センチはヒールが高い。

夫がきれいになったリビングと、いつもなら開けっ放しになっている寝室のドアがぴったりと閉じているのを見ている、と彼女は強く意識するが、意識するほどに笑顔は強固に顔に張り付く。お湯を沸かして、マグカップを三つ出す。数年前に夫と二人でベトナムに旅行した時に買ったバッチャン焼き二つと、スターバックスの女神柄がひとつ。揃いのティーカップくらいあってもいいなと、そんなことを人が訪ねて来る度に思うのだけど、結局忘れて揃えることはない。

「紅茶とコーヒーどっちがいいですか？」

「紅茶でお願い」

「はい。研志さんも紅茶でいい？」

夫の顔を見ずにそう言うが、

「いや、おれは水でいい」

とすぐそばで夫の声がして振り返ると、背後にほとんど隙間なく立ち、何をしているのかと見れば、手を伸ばしてミネラルウォーターのペットボトルを取ろうとしている。

「お茶も飲まなくなったの？」

彼女は思わず尋ね、義母がこちらを見ている気配にしまったと思い、それでも「ねえ」と夫に続けて問う。そういえばこのところ、冷蔵庫のビールもあまり減っていない気がする。

「そういうわけじゃないけど水がいい」

夫はやはり先ほどの静かな怒気をはらんだままの声で答え、ペットボトルを抱えて離れて行く。夫の動きに合わせて空気が揺れ、臭気が漂う。彼女は義母の顔を見る。義母は努めてにこにことした顔で、テーブルの上に百貨店の惣菜を並べている。

義母が買って来たのはフライドチキンのサラダと赤魚《あかうお》の西京焼き、菜の花と筍《たけのこ》のおひたし、きのこのキッシュで、紅茶よりもワインに合いそうだと衣津実は思ったけれど、冷蔵庫にはビールしか入っていないし、義母はお酒を飲まない。そもそも緑茶を買えば良かった。

「おいしいです」

買ってきてくれたお礼を込めて、過剰に心のこもったように聞こえる声で料理をほめる。実際には隣に座る夫のにおいが気になって、料理の味どころではなかった。二人で食事をする時には気にならないのに、義母がいるだけで夫の体臭が何倍も強烈に感じられた。

「ごめんなさいね、出来合いのもので。ほんとうはちゃんとしたものを作って食べさせてあげたいんだけど」

義母は申し訳なさそうに言う。

「これを食べたらすぐ帰りますから、安心してね」

「いらっしゃったばかりなんですから、そんなこと。久しぶりですし、ゆっくりしていってくださいよ」

「わたしも明日も仕事だもの。そうね」義母は腕時計をちらりと見る。「遅くても二十一時までには失礼するから」

センスのいい手土産、唐突な訪問ではあるものの先を見据えたスケジュールの提示、そして二十一時にこの部屋を出たとしても二十二時には自分の家に着き、風呂に入って眠る支度ができる距離に家があること。義母はいつも抜かりない。衣津実は自分の母のことを思い浮かべる。田舎の、野菜や魚ばかりの料理、田舎で流れる時間の、制限を設けないコミュニケーションの取り方、今すぐに会いたいと思い立って部屋を飛び出したとしても、会えるのは明日、日が昇ってずいぶん経った頃になる距離のこと。

　母は衣津実を産んで以来、仕事に出たことがない。父がまだ生きている頃、何度かパートに出ようかと話しているのを聞いたことがあるが、話しているだけで実際に働きに出ることはなかった。父が許さなかったのだと大人になった今では分かる。衣津実が成人して社会人になり、父が定年間際で死んだあとも、母は家にいる。お金なら父の遺産があるし、それに今更どうしろというのだろう。母は、衣津実が帰省すると、仕事をして疲れているのだからと言ってひたすらに休ませようとする。長時間電車に乗って肩がこっているくらいで、日々の仕事の疲れなんかはたいしたことがなかった。地元に帰省できるほどの連休を取っているのであれば尚更《なおさら》。けれどそれは母には分からない。分からないから、いつも彼女のことを心配している。

　テレビの音がしてはっとする。夫がリモコンを手に持っていた。

　義母が来ている時くらい、テレビをつけなくてもいいのにと思うが、関係のない音が聞こえることに安心もする。義母はちらりとテレビを見て、明日も晴れるかしらねえ、と首を傾げる。

「まだ五月だっていうのに、たまに、すごく暑い日もあるじゃない？　わたし、外を歩くとすぐに汗をかいちゃってねえ」

そのことばには当然意図があるのだろう、と衣津実は思うのだけれど、義母と夫はそのまま天気の話を続けている。去年は台風でひどい被害があったね、だとか。

食事を終えておかわりした紅茶を飲み終えると、義母は「そろそろ帰るわね」と言って立ち上がった。ちょうど二十一時になるところだった。夫と二人で玄関先まで見送りに出る。ヒールの高いパンプスを履いた義母が、視線の高さが同じになった夫をたっぷりと見つめた。

「二人とも元気そうで良かったわ。今日は急に来てしまって申し訳なかったけど、また今度ゆっくりおいしいものでも食べに行きましょうね。衣津実さん、ありがとうね」


「研志はどうしてしまったの？」

義母から二回目の電話がかかってきたのは、翌日の昼だった。ちょうど昼休み中で、自席にいた衣津実はコンビニで買ったパンを食べかけのまま袋に戻して席を立った。昼食をとれなくても、業務時間中に人目を気にして電話に出るよりはいい。事務室を出て廊下を進み、そのまま外に出る。昼食は外に出ている社員が多く人目につくので、一か所にとどまって電話をするのではなくて、あちこち歩きまわることにした。ひとりごとを言っていると不審がられないよう、周りから見えやすいようにスマートフォンを耳に当てる。

「研志は、あれは、どういうこと？　体調が悪いというわけではなさそうだったし、ご飯も食べていたし、話した感じは……いつもどおりだと思ったけど、あれって、ねえ、お風呂、入ってないわよね」

ひりついた声で問うてくる義母に、あなたの息子に直接聞けばいいじゃないかと言い返したい気持ちを抑え、衣津実は「ええと」とつぶやき、そのまま黙ってしまう。ええと、の続きに何も話したいことがなかった。

夫が急に風呂に入らなくなってしまって、困っている。どうしよう、どうしたらいいんだろう、と一日に何度も考える。けれどそれは誰かに相談したいことではなかった。彼女だけが考えていれば良かった。ということは、解決したいわけではないのかもしれない。夫に風呂に入ってほしいと思うけれど、その「思う」の強さがたいしたものではないことに、自分でもうすうす気付いている。解決したいと強く思うのであれば、お義母さんに自分から連絡して助けを乞うことだってできたのだ。わたしはそうしなかった。お義母さんから昨日連絡がきた時、めんどくさいことになったと思った――。

〝おままごとみたいな夫婦の生活で、どうして問題が起こるのよ？〟

言われていないことばが、かすれた語尾まではっきりと頭の中で再生される。義母の声であるような、自分の声にも似ている呆《あき》れと怒りがにじんだ声で。

「ええと」

ええと、ええと、と彼女は繰り返す。義母は彼女のことばを待ち、黙っている。彼女は歩き続け、会社の敷地を出た。門をくぐる時に大型トラックとすれ違った。運転席に顔見知りのドライバーが座っていたので、スマートフォンを耳に当てたまま、声を出さずに会釈する。四十代半ばの男性ドライバーが歯を見せて笑い、片手をあげて応えた。

「衣津実さん、聞いてる?」

鋭い声が飛ぶ。

「聞いてます、すみません、ええと」

「あなたってそういう感じだったかしら?」

耳の穴の中に息を吹きかけられた気がして、一瞬スマートフォンを耳から浮かせる。ため息の音が電話に入らないようにするくらい、そつのない義母が配慮しないわけがないから、今のため息はわざと彼女に聞かせたものだった。と、衣津実は考え、それから「おままごとみたいな結婚」なんてことばだって、この義母が意識せずに口にするわけがないのだと、とっくに気付いていたことに、今しがた気付いたふりをする。

「お風呂にはいつから入ってないの」

「二月の終わり頃からです」

「三か月も！」

ほとんど叫ぶように義母が言う。衣津実は大通りを駅とは反対の方向へ歩いている。義母も仕事に出ているはずだが、どこで電話しているのだろう、とそんなことが気になる。

「おかしいでしょう、それ。おかしいわよ。どうして三か月もほうっておいたの。病院は？　連れて行った？」

「病院？　いえ……病院ですか？」

夫が初めて雨に濡れに出かけた日のことを思い出す。春の嵐の日だった。夫の帰りを待ちながら、インターネットで近所の病院を検索したのだった。けれど、それきりになっていた。夫とは一度も病院の話はしていない。どうしてそれきりにしていたんだったか。ほんとうに必要だったら何度でも調べただろう。ほんとうに必要だと思ったのなら。病院、と口の中で三度つぶやき、その固い感触にすうっと頭が覚める。病院に連れて行く。これは、そういう話なのか。

はああ、と義母が言った。それは息の音ではなく、はっきりとした音として「はああ」と言ったのだった。

「わたしが病院に連れて行くわね。ちょっと調べて……また連絡します」

衣津実の返事を待たずに電話が切られた。『通話終了』と画面に表示されているのを見たあとで、彼女はもう一度スマートフォンを耳に当てた。そうしてしばらく、まだ電話がつながっているようなふりをしながら歩いた。

「そういうの、自分たちで考えるからほっといてよ。多分だけど研志も嫌がりそうだし。だってさあ、怪我したわけでも体調が悪いわけでもないんだよ。病院に行っても治らないよ。本人にどうしてお風呂入らないの？　って聞いてもいないのに病院に行かせようって、それって投げ出してるだけじゃないの。……あっ、ごめんね、そろそろ昼休み終わっちゃうから電話切るねー」

コンビニの前で立ち止まって、ひとりごとを切り上げ、耳からスマートフォンを離す。画面はとっくに暗くなっている。表情だけで笑う。

彼女はコンビニに入ってペットボトルの飲み物を眺め、冷蔵庫のドアに手をかけようとして、財布も持たずに出て来たことを思い出し、コンビニから出る。彼女のはいているグレーのスカートにはポケットが付いていないので、スマートフォンを手に持ったまま左右の腕を規則正しく動かしながら歩く。ほんの五分ほどの道のりの間にじんわりと汗をかいた。倉庫が近いためトラックの往来も激しく、大通りは埃が舞っている。皮膚や髪に埃が載っていく感覚がする。ひじの内側のしわに溜まった汗を、スマートフォンを持っていない方の手の指でこすって広げると、垢が消しゴムのかすみたいな灰色の粒になって浮いた。指でつまんで鼻先に近付ける。うっすら汗のにおいがした。夏の暑い日に汗をかいたあとで、エアコンのきいた涼しい部屋に入ってしばらくして、自分の胸元のあたりから立ち上ってくる、あのにおいに似ていた。

橋の上から川を見下ろす。衣津実にとって川とは、子どもの頃に泳いで遊んだ田舎の川であり、今目の前にある化学薬品のにおいがする、流れのほとんどない水の溜まりを、同じく川と呼ぶのには抵抗があったが、それもやはり川のひとつだった。何を混ぜたらこんな毒のような色になるのだろう、と黒にも青にも見える水面《みなも》を見つめる。あぶくが浮いていて、弾《はじ》けないまま揺れている。この腐った水が海へ流れていき、その海は自分の田舎の川が流れ出る先とつながっているのだと思う時、彼女は少々やってられない気持ちになる。

夫がどうしてしまったのかなんて、わたしが一番知りたい。

どうしてしまったのか。これからどうするのか。

泣きそうになり、思わず立ち止まる。涙が出て来るのを待ってみたが、出なかった。泣きそうになったからまだマシか、と冷静に考える。欄干の造りばかり立派な橋から、首から上だけを出して川を見下ろして、彼女は魚が泳いでいないか確かめる。こんな汚い水の中にも、魚を見かけることがある。この川でも、ずいぶん前に一度、二リットル入りペットボトルほどの大きさの魚が数匹泳いでいるのを見かけた。捨てられた鯉《こい》だろうか。それともこの川で生まれた魚か。こんなくさい川でも大きくなるまで生きられるのだろうか。

橋を渡ってまっすぐに歩き、会社に帰り着く。正門の横にある噴水を覗き込み、立ち止まることなく事務室のある棟へ向かう。太陽の下を歩いて来たから、建物へ入ると視界が暗くなった。壁も床も白い廊下には、蛍光灯がはっきりとついているのに、視界の両端がじわじわと黒い。事務室に入って時計を見ると、昼休みが終わる五分前で、同僚は既に仕事を再開していた。彼女も自席に着き、スリープモードになっていたパソコンを起こす。義母から電話がかかってきた時に食べかけのまま袋に戻したパンは、もうどうせ食べないだろうと思い、袋ごとゴミ箱に捨てた。

義母から次の電話がかかってきたのは一週間後だった。昼間ではなく夜、仕事を終えた衣津実が近所の弁当屋で買った夕食を食べ終えた頃で、夫はまだ帰宅していなかった。病院を探すと言ってから一週間というのが、早いのか適当なのか分からないが、そろそろ電話はあるだろうと思っていたので、スマートフォンの着信音が鳴った時、彼女は画面に表示された名前を見るよりも前に義母の顔を思い浮かべていた。テレビを消して電話に出る。

「もしもし、あのね衣津実さん、研志の会社からまた電話があって」

予想していた話題ではなかったので不意をつかれ、驚いた声が出る。

「え、またですか。どうして？」

「ハラスメントなんですって」

はあ、と義母がため息をついたけれど、これは聞かせるためのものではなく、ほんとうについたため息のようだった。

「体臭で周りを不快にさせるのも、一種のハラスメントなんですって。病気や元々の体臭なら仕方がないけど、研志についてはそうではないでしょうって。それで、改善されないなら今と同じ仕事……つまり営業の仕事ってことだけど、それはさせられないって。そういう話をね、実はもう研志にはしてあるんですって。この間わたしのところに体調が悪そうに見えるって電話をしてきた時にはもう、研志に仕事を続けられなくなるって話はしていたって。本人に話をして、わたしにも伝えて、それでも改善されなかったのでもう一度電話しました、って言ってたわ。ね、衣津実さん、仕事のこととか、なにか、研志はあなたに話してないの」

　話してないの、と尋ねながら、義母は初めから衣津美の回答を求めていないようだった。「なにも」と彼女は答えたが、「ああもう、どうしましょう」と義母はそんなことは聞いていないとばかりに、既に先のことを考えている。

「どうしましょう。ほんとうに。どうしましょう。研志はどうしてお風呂に入らないの」

「分からないんです。入りたくないとだけ」

「お風呂に入ってほしいって言ったの？」

「それは、はい。研志さんも入ろうと挑戦はしたんですけど、入れなくて。でも汚れとかを気にはしていて、一応、お湯と石鹸でではないですけど、水で洗ったりはしていて」

「水風呂ってこと？」

「いえ。……雨の日に、雨水で」

　義母が電話の向こうで息をのみ込む気配がした。しばらく黙り込み、それからぽつんと、

「頭がおかしくなっちゃったの」

と言い、泣きそうに震えた声で「どうしよう」と付け加えた。それきり電話口を手で押さえているのか、義母の声だけでなく向こう側の音が何も聞こえなくなったので、ほんとうに泣いているのかもしれなかった。

「なんで、黙ってるのよ」

長い沈黙のあと、義母が押し殺した声でつぶやいた。衣津実は、わたしが話す番だったのか、と戸惑いながら口を開き、そのままの形で動きを止める。言いたいことが何もなかった。

「夫婦の問題なのよ。だから衣津実さんに話してるのよ。なんなの、病院にも連れて行かないで、研志のことが大切じゃないの？　なんなの？　研志もおかしいけど、あなたもおかしいわよ」

その時、玄関の鍵が開いた音がした。

衣津実は素早く「研志さんが帰って来たので切ります」と言って、義母の返事を待たないで電話を切り、もう絶対に嫌だと思いスマートフォンの電源自体も切った。もう絶対に嫌だ。この世にままごとみたいな生活がひとつでもあると思っているような人と話をするのは。生きていくのが大変じゃない人なんて一人だっていないと、気付いていない人と関わるのは。ああだこうだうるさいんだ。

「ただいま」

リビングに入ってきた夫は、弁当屋の袋を手に持っていた。

「おかえり。わたしも今日、そこのお弁当食べたよ」

「そうなんだ。おれ、茄子味噌炒《なすみそいた》めにした」

夫がテーブルに着いて夕食をとっている間、彼女はソファに座ってテレビを見ていた。夫もテレビを眺め、流れている旅番組に「あの天ぷらおいしそう」「田んぼ並んでるの、のどかで、いいな」などと口を挟んでいる。

「あーこの川、めっちゃきれい。泳ぎたいな。こういうところで」

その時テレビに映っていたのは栃木《とちぎ》の山奥の川で、地元の子どもたちが大きな岩の上から順番に飛び込んで行く川の水は、目を丸くしたタレントが「エメラルドグリーンですね！」と感嘆するとおり、美しい緑色に輝いていた。光のきらめきが、彼女の記憶の中の川と重なる。

「じゃあ今度、一緒に帰省する？　うちの田舎の、川の、上の方はこんな感じだよ。すごくきれい」

「え、ほんとに。泳げるの？」

「うん。子どもの頃時々、泳ぎに行ってた。車で三十分くらい山道登らなきゃいけないけど」

「めっちゃいいじゃん。行く行く。えーと、いつ？」

「次はお盆かな」

頭の中でカレンダーを思い浮かべる。三か月後のお盆には帰省するだろう。

「けっこう先だなー。もっと早く行きたいな。今週末は？」

「今週末？」

彼女は驚いて彼の顔をまじまじと見た。夫が期待した顔で頷く。

東京から彼女の地元までは、電車を乗り継いで五時間ほどかかる。交通費というよりは単純に時間の問題で、盆正月の年二回しか帰省していなかったし、夫が一緒に付いて来たのはこの十年間で数えるほどしかない。付いて来られてもすることがないし、一人で帰省した方が彼女も気楽であることは確かなのだけれど、これが夫婦逆であったなら、自分は夫の田舎へ帰省するのに付いて行かなくていいものかと毎度悩んだのだろうなとも思うと、夫の身軽さがずるくも感じられた。

「川の水って夏でもけっこう冷たいくらいだから、今はまだめちゃくちゃ冷たいと思う」

「おれ、冷たいの得意だから」

「一泊二日だとちょっとしんどいかな」

「じゃあ金曜の夜に向かうのは？　仕事終わってから終電で、ああ何時だろ、ちょっと待って」

　夫がスマートフォンを操作して乗換案内を調べる。

「東京駅を十八時半に出る新幹線に乗れれば大丈夫そう。着くのは二十三時半か。確か駅前にホテルあったよね。あそこに泊まって、衣津実の実家には土曜の朝行けばいいよ。それで車借りて、川に行こう」

　夫の勢いに圧倒されて、彼女は首をまっすぐ縦に振り下ろした。

　楽しみだな、と夫がほんとうにうれしそうに頰を緩める、その表情に彼女ははっとする。ついさっき義母から聞いた、においもハラスメントになるんだとか今の仕事ができなくなるとか、そんなことを言われている人には見えず、そうだそもそもわたし自身は夫からも夫の会社からも何も聞いていないんだ、義母から聞いただけなのだ、と思ってみると、だからといって知らないことにしていいわけはないのに、今日だけはどうかこのまま、という気持ちにもなって、一度電源を切ったスマートフォンを取り出し、母に〈ちょっと土日に帰るかも。急だけど〉とメールを打ち始める。

新幹線は二人掛けの座席の指定を取り、在来線に乗り換えてからは自由席の車両に乗った。金曜の夜とはいえ終電で田舎に向かう人は少なく、乗車率は五割といったところだったが、それにしても自分たちの周りには人がいないように感じた。夫のにおいが原因だろうか、と衣津実は思うのだけれど、夫は気にしていないようで「空《す》いてて良かったね」と言ってくつろいでいる。

地元の駅で降りたのは彼女たちだけだった。ひとつしかない改札に進み、駅員に切符を手渡して出る。夫が「機械じゃないんだ」と駅員に聞こえないようにささやき、彼女は「それ、前に来た時も言ってたよ」と返す。田舎では、自動改札機よりも人間の方が安い。

その日は駅前のビジネスホテルに泊まった。こんな田舎に誰が泊まるんだろう、と不思議なのだが、衣津実が大学を卒業した頃にオープンして以来もう十年以上営業している。泊まった部屋は六階で、ホテルの他には一階建てか二階建ての建物しかない町が、遠くまで広々と見渡せた。ほとんどの家の窓はもう暗くなっていた。

翌日、ゆっくりと朝食をとってから、タクシーで彼女の実家に向かった。さっぱりと晴れ、田んぼに張られた水に太陽がまぶしかった。稲はまだ植えられたばかりで細く、田んぼは緑色より土色の方が目立つ。脇にはぽつぽつとオレンジ色のナガミヒナゲシの花が咲いている。こんな風景は久しぶりに見たなと、彼女は妙に真剣な気持ちでしっかりと目に焼き付ける。途中で川の横の道を通った。河原を半分ほど残して水が流れていた。

「よかった、流れてる」

「川、流れないことあるの」

「山から海までそんなに離れてないから、雨降らないとダムで止まっちゃう。川にする分の水がない時は」

夫はふうんとつぶやき、目で川の流れを追っていた。初老の男性運転手が、無言のまま窓を数センチ開けた。

お邪魔します、急に来ちゃってすみません、と夫が玄関先に立ったまま丁寧に頭を下げるのを「ええよええよ」と母は視界を遮るように顔の前で大きく手を振り、その手を「わたしはええから、お父さんに挨拶してあげて」と、仏壇のある和室の方へ向けた。夫は頷き、もう一度「お邪魔します」と言ってあがり、まっすぐ和室へ向かった。衣津実は二人分の荷物をリビングに運んで、東京駅前の大丸で買った土産を母に渡した。「マカロンやか、こっちにはないけんねえ」と母がはしゃぐのにひとしきり付き合ったあとで、ようやく仏壇に向かう。

衣津実が和室に入った時、夫はまだ仏壇の前に座っていた。彼女に気付くと立ち上がって、仏壇の前に敷かれた座布団をゆずる。彼女はりんを鳴らして素早く手を合わせ、すぐに目を開けた。位牌《いはい》が三つ並んでいる。父のと祖母のと、一番右にあるのは祖父の。立ち上がって、夫と二人でリビングに戻る。母が淹れた緑茶を三人で飲み、マカロンを食べる。母は抹茶色のマカロンをひとつ小皿に載せて、仏壇に供えた。

母の軽自動車を借りて出かける。車の鍵を手渡しながら、母は衣津実にだけ聞こえる声で「大丈夫なんかね」と尋ねた。夫のにおいには、当然気付いているはずだった。衣津実は「大丈夫ではないかもしれんけど、大丈夫」と打ち明ける。

「母さんのね、」母は衣津実に話しかける時だけ一人称が「母さん」になる。「母さんのね、従兄《いとこ》の子どもがね、あんたも小さい頃に会ったことある人じゃけど、洋平《ようへい》くんいうて、農協に勤めよる……あんた覚えとらんかもしれんけど」

「覚えとらん」

「洋平くんが三十五歳くらいの時だったかいね、うつ病になってしもて、その時、その子もお風呂入らんかったみたいなんよ。三日とか四日とか入らんで、お嫁さんが無理にお願いしたらようやく入って、ってそんな風でね。研志さんも、もしかしてそうなんかいねえ」

どうだろう、と衣津実は考える。仕事には行っているし、食欲もあるし、パソコンで動画を見たりビールを飲んだり散歩をしたりもするし、彼女との会話もこれまでと変わらない。ただ風呂に入らなくなったという一点だけで、うつ病かと言われると違うような気がした。それで、「違うと思う」と答えると、母は困った顔をして「じゃあなんなん」と小声でつぶやく。

なんなんだろ。なんなんか分からんけど、風呂に入らなくなった時から、夫は向こう側にいるような感覚がある。手を伸ばせば彼女がいる場所からでも触れられるところなのだけれど、足元には細い線が引いてある。よくよく見るとその線はペンキで書いたものではなくて、地面の深いところまで抉《えぐ》れた割れ目で、あまりにも深いから光を吸って黒い線に見えているのだ。細い割れ目だからそこに落ちてしまうことはない。ただ、夫の立っている地面と彼女の立っている地面の間をしっかりと分けている。彼女もいつだってその線を越えられる。普通に歩く一歩より狭い歩幅でも越えられるような細い溝だ。だから別にいつでもいいやと思っている。夫の隣に行きたくなった時に越えるのでいいやと。溝が時々みしみし音を立てているのには気付かないふりをする。割れ目にひびが入って広がっていく音を振り払うように、彼女は首を振って母に「行ってくるね」と言い、玄関の外で待っている夫のもとへ急ぐ。

衣津実が久しぶりの運転に緊張して、厳密に法定速度を守って車を走らせている間、夫は静かにしていようと決めたらしく、黙って窓の外を見ていた。夫は車の運転ができない。大学一年の時に合宿免許で取った運転免許証を今でも更新しているが、大学を卒業して以来一度も運転席に座っていないという。営業の仕事というのは車を使うイメージがあったが、都内の営業は電車を使うのだった。彼女も東京で車に乗ることはないけれど、盆正月と地元に帰省した時には母の車を借りて運転している。

川沿いにあがって行けば早いのだけど、一車線で細く、その割に対向車が多い道なので避け、市役所や総合病院がある大通りまで出る。正面にどんと山が見え、道はずっと緩やかな登り坂になっていた。国道を越えるといよいよ山道に入る。

山道は川に沿って続いている。道の左側は山で、右側には川があって、川の向こうにはまた山がある。濃いのからうすいのまで緑色が流れて行く。川の水は、実家のそばよりもずいぶん澄んで見えた。泳ぐだけならここでも十分かもしれないが、せっかくだからテレビで見たのと同じくらいきれいな川を、夫に見せてあげたかった。

道の傾斜が一気に急になり、視界に入る緑がぐんと濃くなる。線を引いて分けられるくらいはっきりと、ここからが山だという気配がした。懐かしかった。田舎に帰省しても山に来ることなんて滅多にない。車道沿いに緑色のもみじの葉が垂れているのが見えて、そうだ、子どもの頃海に近い川の下流の方まで、若いもみじの葉がたくさん流れてきていたのだと思い出した。

夫が窓をうすく開けると、ハンドルを握る彼女の腕に、思っていたよりもずっと冷たい風がぶつかってきた。ここと町の温度は違うのだ。半袖のシャツだけでは寒いかもしれない。でも気持ちがいい。風は植物の気配をふんだんに乗せていた。カラスでもスズメでもない鳥の声と、虫の声も聞こえた。

「山に来たね」

と夫が言った。彼女は前を向いたまま頷く。

「もうすぐ、川だよ」

ダムを越えると、道はますます狭くなった。中央線がまだらにはげている。この先には隣県へ続く山越えの道しかない。彼女の会社に来るような大型トラックが、時々のろのろと走る彼女の車を追い越して行くくらいで、車もほとんど見なくなった。

短いトンネルを三つ抜けたところで、空き地を見つけて車を停《と》める。車から降りてすぐ、足元から立ち上る緑のにおいの強さに怯んだ。息が浅くなる。広々とした空き地には草が生い茂っていて、風が吹くとその通り道が目で見えた。彼女にとってここは生まれ育った町の一端であるというのに、遠くまで来たのだ、と心細い気持ちになる。

「ここ、小学校の跡地なんだって」

夫が空き地の端に置かれた木の板を見ながら言う。

「こんな山の上に、昔は小学校があったんだね」

ここに来るまで家などいくつもあっただろうか。彼女は夫には近付かず、彼が案内板を読み終えるのを待った。もう建物も残っていない。広い更地に雑草が生えている。雑草というよりももはや若木と呼ばれるであろう植物も生えている。小学校が廃校になったのは最近のことではないだろうと思ったけれど、どのくらい昔のことなのか、なんとなく知りたくなかった。

川へ下りる道は、ほとんどけもの道のようだった。階段や手すりはなく、ぼうぼうと雑草が茂る斜面で、まっすぐにそこだけ茶色の線を引いたように土が見えている。古新聞を縛るのに使う白のビニール紐《ひも》が、木から木へ、木がないところは地面に置いた石へとつながれ、道しるべになっていた。このあたりの人が自分たちのために作ったものなのだろう。

川の水は空の光を通して、濃い青やうすい青や緑に、場所ごとに色を変えて流れている。中でも緑色が濃く美しい場所で、彼女たちは足を止めた。緑色と言えば、東京の川の水も緑色に見えなくはない。黒や灰色にばかり見えていたのは、汚く腐っているというイメージに拠《よ》っているのかもしれない。実際には藻が生えているだろうから、煮詰めて光も反射できないほど濃くなった緑色とも言える。衣津実の目には、まとめて泥色に映るけれど。

「深いところは、底の方の流れが速くて危ないから、入るなら浅瀬だけにして」

毎年何人か死ぬもんなあ、と川遊びの事故を思い出して夫に注意する。夫は「うん」と子どものような素直さで頷き、早速川に向かって行く。水際で立ち止まり、まじまじと水面を見つめたかと思うと、服を脱ぎ始めた。Tシャツと七分丈のチノパンを脱いで近くの岩に置き、その上に肌着と下着も重ねて置いた。靴下も脱ごうとするので、

「靴下は履いたままの方がいいよ。尖《とが》った石で足裏を切るかもしれないから」

と声をかける。夫は頷いて、裸に靴下だけ履いて、川に入って行く。両足のくるぶしを浸けて「めっちゃ冷たい」と喜ぶ。背中の広範囲に湿疹《しっしん》ができている。太ももの裏側に筋状の汚れがこびりついているのも見えた。足の間で男性器が揺れる。彼女は木の陰にある大きくて平らな岩の上に座った。持参した虫よけスプレーを体に吹きかける。

夫は熱い温泉に入る時みたいに、膝を曲げて両手で水をすくい、太もも、腰周り、肩の順にかけ、徐々に体を慣らそうとしている。体に水をかける度に「めっちゃ冷た

い！」と何度も繰り返して叫ぶ、その声が山に跳ね返って響く。腰ほどの深さまでざぶざぶと歩いて行った夫は「あーっ」と声を出して気合いを入れ、一気に肩まで沈み込んだ。「めっちゃ冷たい！」とまた叫ぶ。

彼女は立ち上がって水際まで行き、両手で持ち上げた石を夫の近くに投げ入れた。大きな水しぶきがあがり、夫の頭の上から水が降りそそいだ。なにするんだよっ、と夫が叫び声をあげる。彼女は笑って、木陰に戻る。

夫は川の中で、膝を抱えてしゃがみ込んでいた。ちょうど首から上だけが水の外に出ている。やぶ蚊が飛んできて血を吸おうとすると、ざぶんと頭の先まで水に浸かり、また顔をあげた。

「冷たいの、ちょっと慣れてきたわ」

そう言って水の中で手足を広げ、「洗うか」と手足や尻や股間をこすり始める。流れ続ける川の水が、夫の体から出た垢をひとつも見せないまま遠ざけていく。足を川底についたまま上半身だけ背泳ぎの体勢になり、髪を水に浸して頭をこする。夫の髪が左右に広がり、頭が膨張したように見えた。

「毛が抜けて流れてった」

起き上がった夫が川の流れて行く方を見ている。彼女も夫の視線の向いている方に顔を向けるが、太陽が反射して輝いているばかりで水の中は全然見えない。見えないよ、と夫に言う。夫は「なんかやだな」と悔しそうな顔をする。

ひとしきり体の垢を流してしまうと、夫は浅瀬に寄って座り込んだ。腹のあたりまで水に浸かって、首を曲げて水の中を見つめている。

彼女の座っている木陰からは、水面に太陽の光が反射しているので水の中は見えない。夫が見ている水の中を想像した。魚は人間の立てる音に驚いて逃げてしまっているだろう。虫は泳いでいるかもしれない。植物の種や、虫以前のぐにぐにした埃のようなものも流れているかもしれない。それは、彼女が子どもの頃に川でよく見かけたものだった。虫だか植物だか分からない、けれどゴミではないだろうと分かるものが、時々川を流れて行くのだった。彼女が遊んでいたのは海に近い川下だったけれど、それが山から流れてきたものだということは、誰に教えられたというわけでもなく、なんとなく知っていた。両手で作ったお椀で捕まえようとしても、流れていってしまうのだ。おそらくは海まで。

「さぶい」

夫が立ち上がり、裸のままこちらへ歩いて来る。河原に濡れた靴下の形の足跡が付く。彼女が渡したバスタオルを体に巻き付けて、夫は日なたに座り込む。太陽が真上から夫を差す。

「やぶ蚊に嚙《か》まれるよ」

と彼女が声をかけると、夫は手足を小刻みに動かし始めた。じっとしていたら嚙まれると思って、ずっと動いている。その奇妙な動きに彼女は声をあげて笑い、その声を聞いて夫も笑った。

狂っているとしても、と彼女は考える。

何かが狂ってこうなっているのだとしても、彼がぶるぶる手足を揺らして笑っていられるなら、それでいい。指先からはねたしずくがあたりの石に点々と跡を付ける。その点と、点を、視線で結んでいく。こうしている間、わたしたちは何も間違えないでいられる。

夫が目をつむって、顔を上に向けている。目え閉じてんのにまぶたの裏側が明るいわ、と当たり前のことを言う。彼女も木陰から出て、同じように目を閉じて上を向いてみる。ほんとだね、と言って目を開けると、いつの間にか目を開けていた夫がこちらを向いていた。その瞳の中が、太陽の光を溜めたみたいにきらきら瞬いていた。

体が乾いてから、夫はもう一度川の水に入った。ぱしゃぱしゃ、両手で水を散らして、きれいだなあ、と夫が言った。ほんとうにきれいだ。とてもきれいだ。

翌日は朝から雨が降っていた。そんなに強い雨ではなかったけれど、山の上の方、特にダムより上は川の流れが読めないから行かない方がいい、と母に止められた。

「自分のおるとこで雨が降っとるかどうかは関係ないんよ。山の上の方でようけ降ったら、全部下まで流れてくるんやもの」

衣津実は、行ってみたら全然平気かもしれないし、廃校のあたりまで様子を見に行ってみるかと夫に尋ねたが、「危ないなら行かない」と言うので、家から歩いて行ける川の下流へ散歩に行くことにした。

海に近いこのあたりは水深も浅く、上流の大きな岩だらけの河原と違って、小石や砂ばかりで歩きやすい。広い河川敷もあって人目も多い。今日も雨だというのに、合羽《かっぱ》を着てジョギングしている人や、犬の散歩をしている人がいた。

彼女は夫がまさかここで裸になって川に入るわけがない、と分かっているのに、夫が水面に近付いて行く後ろ姿を眺めていると、もし今彼が服を脱ぎ始めてしまったら、と想像が広がるのを止められない。わたしは夫をどう思っているんだろう。こんなに人目のあるところで夫が裸になるかもしれないなどと考えてしまうなんて。

そんなこと絶対にありえないと思っているなら、想像すらしないのではないか。夫が狂うことで、困りたくないと思っているから、そんな想像をしてしまうんじゃないか。だとしたら昨日の、あの川の上流で見た美しい光景はなんだったのか。それでもいい、と確かに思ったはずではなかったのか。そんな思いは結局のところ、あたたかい日差しの下、二人きりで過ごす時間にだけ生じるまぼろしのようなものなのか――。

　コンクリートの階段を河原へ下りる。雨が降っているとはいえ、水嵩が目に見えて増しているわけではない。昨日よりはちょっとたくさん流れているなという程度だった。上流の水と比べると透明度は低い。小石の間から芽を出している雑草を踏みつけて歩く。スニーカーの下で草が潰れる感触がする。

「このあたりは、あんまりきれいじゃないでしょ」

　泳げないよね、という意味で彼女は言った。夫は雨が無数の波紋を作る川面を見つめて首を縦に振った。何か口にしたような気もしたが、傘に当たる雨音に紛れて、彼女はうまく聞き取れなかった。数メートルの距離を保ったまま河原を歩いた。オオバコ、ナズナ、ノゲシ、ハルジオン。目に付いた植物の名前がひとつひとつ頭に浮かび、子どもの頃の記憶が今に直接つながった感覚に驚く。夫は多分知らないだろう。知りたいだろうか。夫の足元にはハコベが咲いていた。

　ハコベ、と言おうとした時、傘に落ちて来る雨音が強くなった。「そろそろ帰ろう」

と声をかけると、夫は頷いて付いて来た。家まで歩いて帰る間中ずっと、ハコベのことを言えば良かった、と後悔する。雨が強くなったって、濡れたって別に気にしない人なのだから、もうすこし川にいればよかった。それ、ハコベっていうんだよ。そう教えてあげたら、夫はきっと喜んだだろうと思うのに、言ってあげられなかった。そっちはナズナ。ハルジオンは、知っているかもしれないけど。ありえたかもしれない会話を頭の中で続けているうちに、家に着いてしまう。

昼過ぎの電車に乗った。夕食は東京のマンションでとるのだと思うと、ひどく疲れた気分になった。会社の近くの毒色の川が頭に浮かんだ。これからあそこに帰るのだ。駅までは母が車で送ってくれた。駅前のロータリーで手を振ると、母は「またいつでも来なさいね。いつでも帰って来ていいんだからね」と言った。夫が頷いた。

夜、歯を磨いていると、夫が洗面台の鏡越しに衣津実と目を合わせた。

「今度の週末ってなんか予定ある？」

「土曜の夜、小谷内《こやうち》さんとご飯を食べに行くから、帰りが遅くなるかも」

小谷内さんは数年前に仕事を辞めた元同僚の女性で、今でも半年に一回くらいのペースで連絡がくる。人と会うのが好きな人で、たくさんの人と順番に会う、そのリストの中に衣津実も入っているようだった。年に数回会う以上に親しくなることはないという前提のある関係が、気楽で好きだった。前に会ったのは一月だった。その頃夫はまだ風呂に入っていた。

「おれもちょっと出かけるかもしれない。まだ決めてないけど、もしかしたら金曜の夜からいないかも」

風呂に入らなくなって以降、夫は休日も家で過ごすことが多くなったけれど、元々は外出が好きな人だった、と思い出す。二人で旅行することもあれば、夫一人が泊まりがけで出かけることもあった。漫画喫茶に泊まって漫画を読んだり、オールナイトの映画館でシリーズもののアクション映画を観たりしていた。今回もそういうものだろうと思っていたら、金曜の夕方、夫からメールが届いた。

〈これから、先週行った川に、行こうと思います〉

先週と同じように日曜の夜には帰る予定でいること、衣津実が一緒ではないので金曜の夜だけでなく土曜の夜もホテルに泊まろうと思っていること、けれどあの川の上流へ行きたいので、衣津実の母に頼んで車を出してもらえないかということ。タクシーで行く方法もあるのだろうけど、助手席に乗っていただけの自分では道も分からないし、あの場所の住所も分からないので、手数をかけて申し訳ないがどうにかお願いしてもらえないだろうか、無理ならせめてだいたいの場所でいいのでＧｏｏｇｌｅマップか何かで教えてもらえないか、とそういう内容だった。

衣津実は驚いて、すぐに夫へ電話をかけようとスマートフォンを手に取った。いつか義母から電話がかかってきた時と同じように、無言で周囲に会釈をしながら廊下に出てまっすぐに歩き、人気《ひとけ》のない廊下の突き当たりで、発信ボタンを押そうとして、止めた。鼻からゆっくり息を吐く。着信履歴には義母の名前ばかり並んでいた。不在着信の赤色。一度も折り返していない。

止めたとして、と彼女は思う。わたしが夫を止めたとして、止まった場所はここで、どこにもつながっていないどん詰まりのような場所で、彼がどこかへ行けるとしたら、あの川しかないのだろう。

アドレス帳から母の番号を選び直して電話をかける。母はすぐに出た。

「あんたどうしたのこんな時間に。仕事は？」

「ちょっと抜けてきた。あのね、研志さんが今週末もそっちに行きたいって言いよって。悪いんじゃけど、母さん、車で川の方まで連れてったげてくれん？」

「別に、ええけど……。あんたは来んの？　研志さんだけ？」

母にそう問われて、付いて行くことだってできるんだな、と思い至る。

付いて行った方がいいのだろうか。一人にしない方がいいのだろうか。けれど、夫は一人でも平気そうに見える。きらきらした川の水面を思い浮かべる。一人でも平気かもしれないけれど、でも、一緒に行かないかって彼から聞いてくれたって良かったのに。楽しくない気持ちになり、母にそうしても仕方ないのに、ぶっきらぼうな口調で「行かん」と答えてしまう。

「川の上流の、小学校の跡地……ああ、おばあちゃんが通いよった小学校ね。尋常小学校の跡地でしょう」

「おばあちゃん、あのへんに住んでたん？」

彼女は、彼女が高校生の時に亡くなった母方の祖母の顔を思い浮かべる。彼女が物心ついた頃には、市役所の近くにある叔父の家に同居していた。音楽が好きで、衣津実が遊びに行くとたくさんのカセットテープを見せてくれた。二人で選んで、古い曲を流した。

「もうちょっと山の下の方だったけどねえ、昔は、七キロ八キロくらい余裕で歩いて通学しよったけんね。もう建物も何もなくなっとったでしょう。うん、あそこだったら分かるわ。研志さん連れてって、そんで、何時間かしたら迎えに行ったらええんやね？」

「うん。お願いします」

「ついでに、久しぶりにおばあちゃんちの様子も見てこようかね」

「おばあちゃんち？」

「昔の家よ。ぼろぼろの。あんたも赤ちゃんの時に行ったことあるけどね」

と言われても覚えていない。

「おばあちゃんが一人で暮らすのしんどくなって、叔父さんちに移ったでしょ。そのあと、あのへんで畑仕事する人の休憩室代わりに貸してたんよ。ほとんどただで、簡単な掃除だけしてもろてね。その畑しよった人もおととし亡くなってね。売りに出してるんやけど、あんなところの家誰も買わんでしょ。取り壊して更地にしたって売れんやろうし、どうしようもなくてね。母さんも子どもの頃は住んでた家やから、思い入れもあるし、時々掃除に行ってんのよ」

「ふうん」

母と話す時にだけ出る、話を広げるでも興味深く響くでもないただの「ふうん」という相槌を無意識に発しながら、彼女は心の中で、その家のことを綿密に想像していた。見たことないはずの、木造りのぼろ屋が頭の中に浮かんだ。きっと庭もあるだろうと思った。庭からは細い道路を挟んで川が見えるだろう。家の後ろは山で、家と山の間には塀もない。あったとしても朽ちてしまっているだろう。縁側に座る夫を思い浮かべた。

それは、ねずみ色の雲それ自体が発光しているような明るい雨の日で、夫は裸で、裸足の足を庭に下ろして縁側に腰かけている。きらきらした瞳で空を見上げる夫を、彼女は部屋の中から見守っている。バスタオルを縁側に畳んで置いて、雨に濡れながら川へと向かう夫に「深いところは流れが速いから気を付けてね」と声をかけるのだろう。

母との電話を切って、夫にメールを送る。〈母に連絡しておきました。明日の朝、川に連れて行ってくれるって〉

すぐに返信がくる。〈ありがとう。すごく助かる〉写真付き。新幹線の窓から撮った富士山《ふじさん》。

土曜から日曜に日付が変わる頃、夫から電話がかかってきた。衣津実は小谷内さんとの食事を終えて帰宅したところで、化粧も落とさないままソファに座り、酔いざましに水を飲んでいた。何を見るわけでもなくいじっていたスマートフォンが手の中で振動し、着信画面に夫の名前を認めた途端、自分が飲んでいるのは水道水だ、と意識した。冷蔵庫にミネラルウォーターも入っていたのにと思うと、今まで気にならなかったカルキくささが、急に気持ち悪くなる。

「もしもし」と電話に出ながら台所へ立ち、コップを逆さにして水を捨てた。冷蔵庫を開けてミネラルウォーターを取り出し、コップにそそぐ。

「もしもし、今電話平気？　小谷内さんは元気だった？」

「うん。元気だった」研志さんにもよろしくって言ってたよ、という台詞《せりふ》はなぜだか口にできないままのみ込み、「楽しかったよ。そっちは、今日はどうだった？」そう尋ねる。

「昼前に、お義母さんがホテルまで迎えに来てくれて、川に行ったよ。前みたいに川に浸かったり、河原を歩いて散策したりして、三時間くらいしてから、自転車でホテルに帰った」

「自転車？」

「ホテルにレンタルサイクルがあったから借りた。お義母さんに迎えに来てもらうのは悪いし、かといって待っててもらうのも悪いし、山から下へくだるだけだから、自転車なら楽だと思って」

「でもけっこう、かなり、距離あるよね。時間かかったんじゃないの？」

「一時間くらいかかった。でもこがなくてもずっと坂をくだってこられたから、疲れてはないかな。お尻が痛いけど」

夫の声は軽く、明るく、それは先週川で過ごしたきれいな時間と結びついて、しみいるように彼女に届いた。コップを傾けて水を飲む。おいしい、と電話に拾われない大きさの声でつぶやく。

「それだけ。もしかしたら気になってるかもと思ったから話したくて。明日は、先週と同じくらいの時間に帰るから。夕飯までには着くと思う」

おやすみを言い合い、電話を切った。彼女は画面の消えたスマートフォンを手のひらに載せたまま見つめた。

川へ行くと連絡してきた時、もし彼女が止めていたら、夫は呼吸ができなくなっただろうか。魚が水の中でしか呼吸をできないように。夫は毎日、リビングのソファに沈むように座り込んで、酸素が足りない魚みたいに、口をぱくぱくさせているように見える。彼女はソファの上に両脚を抱えて座り、裸足の足裏でクッション生地を押した。ここではだめなのだ。

そのあとも二回、夫は一人で衣津実の地元に行った。

駅前のホテルに泊まって、彼女の母の車で川の上流に連れて行ってもらい、ホテルのレンタルサイクルで山をくだって帰って来た。往復三回分の電車代と宿泊費を合わせると、今月の家賃の金額を超えていた。夫はそのことに触れて、「久々の贅沢《ぜいたく》だね」と言って笑った。その顔がとても幸福そうに、衣津実には見えた。

夫の右手にはビールが、左手にはテレビのリモコンがあった。テレビには芸能人がドッキリ企画で落とし穴に落ちるバラエティ番組が映っていたし、テーブルの上には、珍しく夫が作った夕飯が並んでいた。今日はなんとなく料理がしたくって、と言い出した時から、いつもと違っていたのだ。茄子とピーマンと筍と牛肉の中華炒めと、さけのホイル焼き。あたたかくて平和な装いの中で、夫の表情だけが緊張して浮いている。

「実は、仕事を辞めたんだ」

夫は穏やかな声でそう切り出した。衣津実は右手に持っていた缶ビールをテーブルに置いた。普通に置いただけなのに、鋭い音が鳴ってしまって怯む。息が一瞬だけ止まる。息を吸って、吐くのと一緒に話し始める。

「辞めたのは決定？　もう辞めてきた？」

「今日、上司に辞めるつもりだって話をした。もちろん引き留められなかったし、正式な手続きは明日以降進めることになるんだろうけど、退職は分かった、って言われた。引き継ぎとかあるからまだしばらくは出勤して、そのあと、有休がまるまる残ってるから一か月はそれを消化して、八月末退職扱いになると思う」

整然と正確に手続きについて話す夫と、彼から漂ってくるひどいにおいとのギャップに、おかしくなって、「しっかりしてるね」とすこし笑う。

驚くことではないはずだった。夫が風呂に入らなくなって、もう五か月が経つ。義母から、夫の会社の人から今の仕事をこのままさせるわけにはいかないと連絡があったと聞いた日から、衣津実は、通勤の電車がいつも同じところで大きく揺れるのを足を踏ん張って身構えている時や、昼休みにトイレで丁寧に手を洗っている時に、ふと、夫は仕事を辞めるかもしれないんだなあ、と考えるのが癖になってもいた。

それなのに、自分は今驚いている、と彼女はその自覚にも驚いている。わたしは夫がほんとうには仕事を辞めることはないだろうと思っていたのだ、と気付く。

風呂に入らなくなっても、週末ごとに五時間かけて電車を乗り継ぎ、田舎の川へ通うようになっても、夫はぎりぎりのところでこれまで築いてきた社会生活の土台を手放すことはないと、最終的には大きな変化などやってこないだろうと、ぼんやりと思っていたのだ。五か月も風呂に入っていない人間を前に、どうしてそんな風に思えていたのか、自分でも分からないけれど、思っていた。

夫の皮膚は、こすればこすっただけ皮がむけるようになっていたし、つんとした体臭はミネラルウォーターですすいでも、もう取れなかった。体のにおいは、ある水準を超えてからはずっと同じくらいに感じる。これ以上ひどくなりようがないところにきたのだと思う。それは皮膚の表面のにおいではなく、毛穴のひとつひとつの奥、指の股のひとつひとつから湧き上がってきていた。

夫と二人でスーパーに買い物に行くと、周りの人がさりげなく夫と距離を取るのが分かった。東京の人たちはくさい人にわざわざくさいと言ったりしない。じろじろ見ることもしない。ただ「やばい」と気付くと、すっと流れるように離れて行く。スーパーでもそんな風だから、当然、通勤電車や会社でも周りから距離を取られているだろう。夫がそんな視線や他人の態度に傷ついていないはずがなく、そんな状態で働き続けられるわけがないのに、彼女は夫が仕事を辞めたことが信じられなかった。決めてしまったのだ、と思った。

津夕子は、病気になるような弱い人間とはできが違う。ふと、父が昔、母に言ったことばを思い出してしまう。さすがおれの見込んだ女だよ。今、そんなことばを思い出したくはなかった。思い出してしまうことがひどいと思った。自分はそんなこと思っていない。全然思っていない。全然思っていないことを、思い出してしまうこともあるというだけ。

衣津実はさけのホイル焼きに箸を伸ばした。視線を夫から手元に移す。

「失業保険ももらえるだろうし、貯金もけっこうあるし、しばらくゆっくりしても大丈夫じゃないの」

しばらく、という曖昧なことばで濁していると、自分でも分かった。

彼女の収入だけで、生活していくことはできる。逆の立場だったら、夫は彼女を養ってくれただろう。けれどそうなった時、彼女は夫の負担になるだけの自分が許せないだろう。一人で田舎に帰っただろう。そして一人で田舎に帰るのがどうしても嫌だからこそ、なんとしてでも、バスタブをペットボトルのミネラルウォーターで満たすために、働き続けただろう。風呂に入らなくたって、それで、職場の人に嫌な目で見られたって。今だって良い目で見られているわけでもないんだから、別に。

そんな風に無理やり自分に置き換えて考え、「わたしだったら我慢した」と、そんなのは自分を追い詰めるだけの無意味な思考遊びに過ぎないと、考えたそばから否定もできるのに、そうして考えて、ようやく、わたしは夫に怒っているのだ、と気付く。夫の弱さが許せないのだ。

全部損なって、ぼろぼろになってほしい。

二人の生活をこのまま継続させるために、自分を殺して生きていってほしい。

違う。そんなことは思っていない。そんなわけがない。

夫には、健やかに幸福でいてほしいと思っている。ほんとうに、二人でいつまでも仲良く、平和に生きていきたい。数年間の治療を経ても子どもができなかった時、これ以上はもういい、と自然に思った。時間とお金をかければもっとできることはあったけれど、それに投じる様々なパワーがなかった。元々あったものが尽きたというよりは、元々空っぽだったところに、外から燃料をそそいでいたけれど、そのそそぐのにだって力がいると気付いて、もう止めればいいと思ったのだった。

二人きりの人生を遠くまで想像できた。何歳になっても、自分たちは平和で穏やかな暮らしができると思っていた。満ち足りているわけではない、代わりに、決定的に足りないものだってなかったはずだ。衣津実は、夫が人生の全てとは思わない。けれど、夫がいてくれたらそれでいい、とは思っている。その二つのことは、似ているようで違う。夫にとって自分もそうであったら良かった。

許したくてしんどい。夫が弱いことを許したい。夫が狂うことを許したい。だけど一人にしないでほしい。

大切な話をしているのに、テレビはつけっぱなしで、二人のどちらも消そうとはしない。ドッキリに引っかかった芸人が、グラウンドに掘られた落とし穴に落ちて叫び声をあげる。その大きな悲鳴とは裏腹に、カメラの寄った落とし穴の中にはふかふかの緩衝材が敷き詰められていて、白色のそれらに包まれた芸人の、満面の笑みが画面に映る。

着信画面に表示された義母の名前を目にした途端、食欲が一気になくなった。おままごと、ということばが浮かぶ。夫は引き継ぎのために残業が続いていて、衣津実は一人で近所のピザ屋でテイクアウトしたマルゲリータを食べていた。個人経営の小さなピザ屋の、フレッシュバジルが香るそのピザが好きで食べているのに、「こんな時に余裕なのね」と責められた気持ちになる。ウェットティッシュで手を拭いて、テレビを消した。

ずっと無視しているのに、義母は懲りずに衣津実に電話をかけてくる。夫に直接かければいいのに、と煩わしい。「夫婦の問題か」とつぶやき、義母の電話に出る。これまで電話に出なかったことを怒られるかと思ったが、義母はそのことには触れず開口一番「どうするのよ」と言った。

「研志から仕事を辞めるって電話があった。衣津実さん、どうするのよ。研志とこれからどうしていくつもりなのよ」

この人が怒っているのが、わたしがままごとをしているからだとしたら、大変な事態になった今や、これからは、ままごとをしている場合ではなくなるのだから、ようやく義母の望みどおりになったはずなのに、まだ怒っているのは、どうしたらいいのだろう、と衣津実は思った。

「大丈夫です」

と答えていた。いつもと変わらない声だ、と自分で自分の声に感心する。いつも明るく丁寧に他人行儀で、鈍感で優しい、息子の妻の声。

「研志さんは、田舎に移住します」


夫が祖母の家の買い取りを希望していると話すと、母は驚いて、というよりも気味悪そうに、「なんで?」と問うた。

「あんたら、離婚するんかね」

「なんでよ。離婚するんだったら、妻のおばあちゃんの家買いたいなんて、言わんでしょうが」

「ほんでも、離婚せんのんだったら、あんたはどうするん。東京の仕事辞めて、こっちに帰って来るんか?」

「いや、すぐには帰れんわ」

衣津実は母にそう答えながら、すぐには帰れないだけで、自分もいつかあの田舎の町へ帰るしかないと考えているのだと気付いた。そうだ、わたしも、帰るのだ。

「そりゃあんな家、もうどこにも売れんだろうし、取り壊すお金もないけん、もろてくれるならただでもええくらいじゃけど」

ただというわけにはいかないけれど、金額を抑えてもらえるならありがたいという話をし、電話を切った。

この間夫と二人で帰った時に、実家のすぐ近くの古い家が売りに出されているのを見た。昔は高齢の夫婦が二人で住んでいた。猫を四匹も五匹も飼っていて、彼女や近所の子どもは猫を触りに庭へ勝手に出入りしていた。あの夫婦も猫も、もう死んでしまったのだろう。家は土地代込みで七百万円で売られていた。今住んでいるマンションの家賃は月十四万円だ。別の階の部屋が売りに出されていたのを見たことがある。3LDKで五千七百万円だった。田舎の古い家と、ちょうど五千万円の差がある。彼女は夫と自分の貯金額を頭に思い浮かべる。食べていくためには今の仕事を続けていくしかないと思っていたし、いつもお金が足りない気がしていたけど、そんなことはなかった。変化するために必要なお金を、いつの間にか十分に持っているのだった。

自分の決断や思考に、あとから気付くことがある。ある時決断したというよりは、いつの間にか決めていたことに、しばらく経ってから「そういえばわたしは今こう考えていて、どうやらそれは最終決定なのだな」と気付くのだ。それらに気付くタイミングは、誰かと話している時の自分の微妙な言い回しだったり、扇風機の羽根が割れてしまったのに新しいものをすぐには買おうとしない行動だったり、毎日熱心にチェックしていたニュースサイトを三日も見ていないことを意識した時だったりした。

夫と結婚すると決めた時もそうだった。就職して数年が経ち、仕事に慣れて、もうすぐ二十代後半だしそろそろ結婚のことを考えようかという頃に、友人の紹介で夫と出会った。強い意志や希望を持って始まった関係ではなかったのだ、と思い返す。彼女と同じように漠然とそろそろ結婚かなあと考え始めていた夫と、付き合っている間になんとなく、結婚することになっていた。好きだったけれど、自分の生活よりも大切かと問われると、そうでもなかったはずだ。

そうかわたしはあの町に帰るのか。東京で就職して結婚もして、地元にはもう二度と住むことはないと思っていた。帰る、とはっきりと自覚すると、田舎を捨てた罪悪感が足早に去って行った。それは気分がいいものだった。空っぽのパズルケースのまんなかに、ひとつだけぽんっと正解のピースを配置されたような感覚。ひとつしかないから完成していないけど、まんなかだし、正解だから、いい気持ちだった。

祖母の家が手に入りそうだということ、家代は家族内の話だし安く済むにしても、長い間人が住んでいなかったせいであちこち傷んでいて、修繕費は高くつきそうだということ、母と話す中で、自分も田舎に帰る心づもりだと気付いたということを、夫に話した。夫は相槌を打ちながら彼女の話を最後まで聞いた。それから、苦しそうな顔で言った。

「おれのせいで衣津実の人生が強制されてしまうのが悲しい」

「別にあなたのせいじゃない」

彼女は言ったそばから、それがあまりにも白々しい台詞であることに苦笑いした。

「あなたのせいだとは思っているけど、田舎に帰るって決めたのは、わたしがそうしたいと思ったからだから、別にいい」

「仕事はどうするの」

「なにかするよ。東京と違って何もかも安いし、そもそもお金を使う娯楽もないから、しばらくは貯金でどうにでもなるだろうし」

「こっちの友だちに会えなくなるよ。小谷内さんとか」

夫は先日彼女が飲みに出かけた友人の名前を出した。彼女は「ああ」と笑って、

「そんなのは、どうでもいいよ」

と本心から答えた。

悲しげに眉をひそめる夫とは反対に、彼女は笑みを浮かべていたが、彼女もまた悲しい気持ちでいた。夫には、彼女の人生くらい強制する気持ちでいてほしかった。わたし

ばかりが夫と二人で生きていくのだと決めているみたいだ、と彼女はそれが悲しかった。夫は今にも、おれ一人で大丈夫だよ、と言ってしまいそうだった。付いて来なくていいよ、と夫に言わせたくなかった。夫が狂ったのは、彼が一人でも生きていける証《あかし》だと思った。

「わたしは、どこででも生きていけるようにできてるから、大丈夫だよ」

夫からだけはそれを「どうして」と問われたくなくて、彼女はリビングを出た。そして風呂場に向かい、空のバスタブを見つめながらシャワーを浴びた。

八月の暑い日、夫だけが先に川のそばの家に移り住んだ。

祖母の昔の家は一階建てで、部屋が五つある。ふすまで仕切られた和室が続けて二間と、台所、その隣にフローリングのリビング、最後に寝室。寝室の床はカーペットで、これはさすがに経年劣化で腐っていたので張り替えることにした。カーペットをはがした下の床板もだいぶ傷んでいたけど滅菌処理を施した、という話を、衣津実は夫から電話で聞いた。

「その上にフローリングを置くか、カーペットを敷くか、どっちがいい？」

「カーペットの部屋って、わたし住んだことない」

彼女は小学校にあった音楽室を思い出した。音楽室の床はいつから敷かれたままなのか分からない赤ワイン色のカーペットで、すごくくさかった。靴下のにおいがした。つんとした刺激臭。それは過去何十年分の子どもの靴下のにおいだった。汗と埃まみれの小学生がシューズを脱いで音楽室に入って、ぎゃあぎゃあ騒ぎながら、足裏でカーペットをこするようにして歩いた。みんな「くせえ」と言った。彼女も、ほんとうにくさいと思っていた。思っていたけど、つい嗅いでしまうのだった。授業を終えて音楽室を出て行く時に、あと一回、となぜだか鼻から深く息を吸ってしまう。

「じゃあカーペットにしようか」

夫の体の汚れを考えると、においの染み込みそうなカーペットよりも、掃除のしやすいフローリングの方が良いように思われたけれど、彼女は「うん」と答える。

夫は畳を替え、雨漏りのひどい屋根やぼろぼろに落ちた土壁を直し、土間の割れた床にセメントを詰め、傷んだ木造の縁側を補修した。台所のガスコンロは壊れていたので買い替えたものの、水道からは問題なく水が出たという。

「おれは水道水は使わないけど」

「お風呂は?」

夫のいなくなった東京の部屋で、一人ソファに座ってビールを飲みながら彼女が尋ねる。クーラーがききすぎているせいか、あまりおいしく感じない。夫のいる家にはエアコンもないな、と思う。

「お風呂は壊れてない？」

「壊れてる。お湯は出ないし、水は出るけど、赤茶色くて濁ってる。水道管が壊れてるんだと思う。衣津実が来るまでには、業者の人に直してもらうよ。バスタブもふちが割れてるから新しくする。風呂場の広さは変わらないから、今あるのと同じくらいの、狭いやつになるけど」

　祖母の家の風呂は、大人が一人体操座りをして入るとちょうど容積がいっぱいになるような形と大きさをしていた。

「今どき、この大きさと形に合うバスタブが売ってるか分かんないけどね。それよりさ、トイレが汲み取り式なんだよ」

「ぼっとん便所なんだ」

　ぼっとん便所、と自分の口から出て来たことばを耳にして、懐かしい気持ちになる。昔、叔父の家もぼっとん便所だった。彼女が小学生の間に改装されて、両側に手すりの付いた広い洋式トイレになった。

「あれって、うんちとおしっこが溜まったらどうしたらいいの」

「汲み取りに来てもらうんだって。電気やガスみたいに契約して毎月決まった時に専用車が来てくれる」

「水洗トイレに替えない？」

「下水道管を敷く工事からだから、けっこうかかるみたい」

「うーん」

「ぼっとん便所やだ？」

「虫とか出そう」

「ああ、出そうだね、確かに」

「あと、もし誰か来た時にぼっとん便所だと、なんか、困らないかな」

「誰かって？」

「あなたのお義母さんとか」

「来ないでしょ」

夫が執着なく笑った。衣津実が義母からの電話を無視するので、その分、夫に電話がかかってくるようになったらしい。何を話しているかは分からないけれど、「絶対来ないよ、わざわざこんなに遠くまで」と、夫は言う。

そうかもしれない。衣津実の地元がどこかは知っていても、夫が住んでいる家の場所は、こちらが教えない限り分からないし、見たくないんじゃないだろうか。

夫が引っ越したあとで、義母は一度だけ衣津実を訪ねて来た。突然の来訪だった。インターフォンのモニターに義母の顔が映った時は驚き、無視しようかとも思ったのだけど、夫がいないことが衣津実を前向きにした。義母に「散らかってるんですが」とスリッパを並べて差し出したが、義母は「ここでいいわ」と、開けたままのドアを腰で支えて、玄関の外に立った。

「なんでこんなことになったのか、説明して」

義母の目はまっすぐ衣津実を向いているのに、どこも見ていないようだった。義母の瞳は乾いていて、その乾きはまぶたから目じりへ、頰へつながり、顔全体、体全体に広がっていた。

「分かりました。それでは、説明できる内容がうまくまとまったら、ご連絡します」

衣津実がそう言うと、義母は乾いたまぶたを痙攣《けいれん》させ、しばらく黙っていたが頷いた。

「そうしてちょうだい」

急に来てしまってごめんなさいね、と形ばかりではあるが謝罪を口にして、帰って行った。それ以来、衣津実には連絡がきていない。衣津実も、説明できる内容がまとまらないので連絡していない。

トイレのことはちょっと考えとく、と夫が言う。彼女は「そろそろ寝るね。おやすみ」とあくびをかみ殺した声で返し、電話を切った。

このまま眠ってしまいたい、けれど歯を磨かなくちゃ、と思う。でもまだビールがちょっと残っていてもったいないから飲み切ってから。でもそのビールはもうぬるくなってただ苦いだけでおいしくない。けれど、もったいないし飲めなくはないのだから、と彼女は飲み干し、すこし休んだら歯を磨きに立ち上がると決めたのに、そのままソファにずぶずぶ沈み込んで眠ってしまう。

明け方に目が覚める。電気をつけっぱなしにしていた明るい部屋で、そっと起き上がる。にちゃにちゃした歯と歯ぐきの感じが気持ち悪い。歯を磨こうと立ち上がり、スマートフォンを手に取ると夫からメールが届いていた。電話を終えたあとすぐに送られてきていた。

〈さっき言い忘れてたけど、髪を切りました〉

写真が付いている。自撮りしたらしく、やや右に傾いて写る夫は、坊主になっていた。

「坊主じゃん」

と思わず口に出してつぶやき、彼女はため息をついた。それは感心した時に出る「ははあ」といった種類のため息だった。こんな顔だったっけ。まじまじと写真を見つめる。

眉毛が濃いように見えるのは、頭に髪の毛がないから相対的にそう見えるだけだろうか。頭の形がきれいにまるい。なでたいなあと思い、数ミリの長さの髪がざらざらあるいはちくちくと彼女の手のひらに感触を与えるだろうと想像し、息だけで笑う。

仕事を辞めたいと申し出ると、上司から「子どもができたのか」と聞かれた。衣津実が否定すると、顔を歪めて「流産でもしたか」と言われた。彼女は驚いて否定しようとし、けれどまあいいかと思い直し「いろいろありまして」と答えた。上司はそれ以上何も言わず、退職の手続きが淡々と進んだ。

馴染《なじ》みのトラック運転手が、用もないのに事務室に顔を出すようになった。最後に二人で飲みに行こうと誘われ、面倒なので断ったら、勘違いすんなばか、と吐き捨てるように言われた。そうされて初めて、酒を飲む以外の目的があって誘われたのかと思い至る。元々機会の減っていたセックスは、夫が風呂に入らなくなったのをきっかけに、全くなくなった。彼女はカーディガンの上から自分の腕をなでる。舌打ちをする。トラック運転手はとっくに事務室を出て行っていなかったので、その舌打ちは宙に浮き、周りのデスクでパソコンに向かう同僚たちが、気まずそうにそれを見上げる。こうして二度とここに戻ってこられないように、関われないように、自分を追い込んでいるのかもしれなかった。会社にもそうだけれど、東京という街から、自覚的に自分を切り離していった方がいいように感じた。

退職願が正式に受理された日、帰りの電車の中で、彼女はスマートフォンのアドレス帳から、東京を離れたら連絡を取らないだろうという人たちの連絡先を消していった。小谷内さんの連絡先も消した。東京を離れたらもう連絡は取らないと思った人たちのほとんどが、東京にいたこれまでだって連絡を取っていなかった。複数の連絡先を同時に削除することはできなかったので、ひとつひとつ、連絡先を開いては『削除する』を選択していった。画面から削除した連絡先の一行がぴんと伸びた線になり、それが太く、頑丈に変形して、鉛色の鎖になるところを想像した。連絡先の行がひとつ減るごとに、彼女は自分の体に巻き付いた鎖に力がこもっていくのを感じた。がんじがらめで重たくて、どこにも行けなくなるのだった。

部屋に帰り着く。引っ越しに向けて、荷物はだいたい梱包《こんぽう》が済んでいた。本や雑貨を並べていた棚やテーブルは解体したし、冷蔵庫も空にして電源を抜いていた。カーテンと一人分の布団、最低限の衣類とバスタオルだけが、これまでと同じ場所に変わらずにあった。

彼女は風呂場に向かう。バスタブを洗ってお湯を張る。夫が風呂に入らなくなってから、一人しか浸からないのにもったいない気がして、お湯を溜めずシャワーで済ませるようになっていた。考えてみれば、一人暮らしをしていた時は、毎日のようにお湯を溜めて入っていたのだから、もったいないという感覚は、夫と暮らしていたからこそ発生したものだった。

手足にからむお湯がやわらかい。あたたかいだけで、気持ちいいと感じる。両手でお湯をすくって顔にかける。カルキのにおいがするような気がするけれど分からない。お湯を口に含んでみる。やっぱり分からない。カルキというよりはお湯くさい気はする。お湯くさいというのは、カルキくさいのと同じだろうか。膝を曲げて体を沈め、鼻の下まで湯に浸かる。湯気を吸っては吐く。二人で暮らし始めたばかりの頃、夫と風呂場でセックスしたことがある。水に濡れた性器は潤滑性に欠け、こすり合わせると痛かった。痛かったのに、あの頃のことは、まとめて幸福な記憶として保管されている。

投げ出し時が分からない。そもそも、投げ出すつもりなのかも分からない。なんで離婚しないの？　と考えてしまう。考えているのは彼女自身なのに、頭の中で問いかけてくるのは、女のような男のような、知らない人間の声だった。〝なんで離婚しないの？〟

離婚して別々に生きていくこともできるだろう。夫は子どもではないし、親でもきょうだいでもない。血がつながっていないから、書類一枚で他人になれる。夫婦は家族であろうという意志なしには、家族でいられない。

先に田舎に移った夫は、何度かそれとなく、ほんとうに仕事を辞めてこっちに来るつもりなのかと尋ねてきた。その話はとっくに終わっているのに、弱々しく繰り返された。もう上司に相談したし、近々人事課と面談があるし、そのあとはすぐに書類を出すつもり、と彼女が状況を伝える度、夫は「申し訳ないね」と謝った。申し訳ないということばを使われると、「こっちの方がいい」がうそみたいになるので嫌だった。夫婦二人で仲良く生きていった方がいい、なら離婚はしない方がいい。

だって愛しているから付いて行くのだ——と、迷いなく思えたら、あるいは口にできたら、楽だろう。川のそばでしか生きていけなくなった夫が心配だから、支えたいから、そばにいたいから付いて行くだけだと。離婚しない方がいい、なんて地に足の着いたことばに置き換えるのではなくて。

結婚した方がいいから結婚をした。子どもがいた方がいいから作ろうとしたけど、できなかった。夫婦二人仲良く生きていく選択をした方がいいから、そうした。毎日がうまくいっていた。夫が風呂に入らなくなった。風呂には入った方がいいから、入れようとしたけど、入れなかった。川のそばで暮らした方がいいから、引っ越すことにした。わたしたちは夫婦だから、離れない方がいいから、付いて行くことにした。そうして並べてみると、まるで何も考えていないみたいだけれど、熟考して選んでないからといって、全てが間違いになるわけではない。無数に選択肢がある人生で、まっすぐここまで辿ってきた当たり前みたいな道を、おままごとみたいと、誰が言えるの。愛した方がいいから愛しただけだと、ほんとうに思うの。

〝子どももいないのに〟

「流産でもしたか」と尋ねてきた上司の苦しそうな顔。その無神経な問いに、もしわたしが「そうです」と答えたらどうするつもりだったのだろう、と彼女は思い出してしんどい。わたしだったら絶対に聞かない。そんなこと。他人の傷を受け止める度量が自分にはない。わたしたちは二人しかいない。他に誰もいないからこそわたしたちは二人で暮らしてきたのに。

〝あなたには自分の人生があるんだから〟

うるさい、と彼女は頭の中の声に言う。あんたらは、いつもうるさい。怒鳴っても止まない。

あーーーー、と声を出してみる。発声練習のように一定の高さを保った声を、息が続くまで出す。喉の震え。風呂場の中で反響した声が、耳にうるさい。他の声をかき消す。息が切れて口を閉じる。呼吸を整えてもう一度、あーーーー、と声を出す。何度も繰り返す。頭の中が「あーーーー」だけでいっぱいになるまで。

こんなこと、一人の時以外にやったら狂ってると思われるんだろうな、と彼女は考える。そう考えている間は、自分は狂えないということも知っている。

3　川

衣津実は契約職員として市役所で働き始めた。転入・転出の対応をする窓口で、カウンター業務と書類整理、データ入力をする。月々の給与は東京で働いていた時の半額以下になったし、賞与もない。それでもただ食べていくだけなら困らなかった。家はあるし、貯金もあるし、彼女も夫も、どこにも行かない。

市役所には同級生や、学年は違うけれどお互いに実家の場所やきょうだい構成が分かる人が働いていた。高校で同じクラスだった子は、衣津実が働く部署の主査になっていて、勤務初日の昼休み、ランチに誘ってきた。市役所近くにあるそば屋のカウンター席で、「なんで地元帰って来たの?」とあれこれ聞かれ、体調を崩してとかなんとか曖昧に濁したものの、いつの間にか、東京で子どもを事故で亡くし夫に暴力を振るわれるようになって逃げて来たという話になっていた。それは違います、全然違います、とさすがに訂正していたら、今度は、頭がおかしくなって人に大怪我をさせた夫を山奥の廃墟《はいきょ》に匿《かくま》っているらしい、と噂《うわさ》されるようになった。直接言われたわけではない。人の目線や、給湯室やトイレに彼女が入った瞬間に途切れた会話の端々から拾い取った。

人間が集まるところに身を置いて嫌な思いをするのは、東京でも田舎でも同じだけれど、「あんな立派なお父さんがおったのにねえ」と憐《あわ》れんだ調子で言われるところが違う。噂を信じているくせに、「東京の仕事が大変で体壊したんじゃろ？」とわざわざ声をかけてくる人たちに「そうなんです、いろいろあって」と返す。ほうなんじゃあ、やっぱり、東京って、恐ろしいとこじゃね。眉毛だけ下げていても、その下の目も口も鼻も笑っている。

衣津実も困った顔で笑い返す。こんなとこ、どうせ、いつか出て行くんじゃけん。頭の中で悪態をつく一方で、一生ここで暮らすのかもしれないとも思っている。あと一か月もすれば、夏が終わる。緑一面の風景も一変するだろう。夕焼けみたいな赤、黄色、オレンジ。そして冬はまっしろ。紅葉した木々のその葉が落ちる頃まで、夫は川に入り続けるだろう。さぶいさぶいと悲鳴をあげながら、腕で自分の肩を抱いて。いよいよ川に入れなくなるほど寒くなったら、二人で雪解けを待つのだろう。

五十万円で中古の軽自動車を買い、彼女は川のそばの家から山を下りて通勤した。仕事の帰りにスーパーに寄って必要なものを買って帰る。家に帰ると、玄関までいいにおいがする。野菜や肉を焼いたにおいだった。出来合いの惣菜をレンジであたためても、こんな風に家中に食べ物のにおいが漂うことはなかった。外まで食事のにおいがする他人の家の前を通る時に生じる、作り物めいた安心とすこしの居心地の悪さを、自分の家なのに感じる。「東京では全然自炊しなかったのにね」と夫と笑い合う。

ほうれん草のおひたしや、里芋の煮っころがし、にんじんのしりしりといった、味のうすい体に良いものを食べていると、こっちこそままごとみたいだ、と落ち着かない。台所に立つ夫を見ると、取り残されたような気持ちになった。東京の暮らしで、自分を粗末にできていたのは余裕があったからなのかもしれない。こちらで暮らし始めてから、夫はすこし太った。元が心配になるほどの細さだったから、太ったといっても同年代の平均くらいの体形になっただけだけれど、頬がふっくらして、いつも笑っているように見える。

契約職員に残業は許されていないので、毎日定時であがる。日が沈む前に家に帰って、夫の作った正しい感じのするものを食べる。インターネット回線はまだつないでいないし、そもそもこんな山奥でつながるのか分からない。スマートフォンの電波は届くけれど、東京にいた時のように四六時中動画や映画を流すことはなくなって、テレビをつけることはあるけれど、何も流さないで部屋がしんとしている時間も多い。和室や縁側やトイレのドアの前に点々と、読みかけの文庫本が落ちているようになった。

傾斜に沿って降りてくるように、山の上から家へ風が吹く。家中の窓を網戸にして開けているので、家の中にいても風が吹くのが分かる。エアコンなしで夏が乗り切れるのだろうかと心配していたが、汗ばんだ体も、東京にいる時ほど不快には感じない。縁側から吹き込んだ強い風の流れに、髪がなびいて顔にかかる。

縁側には文庫本と並んで石が置かれていた。夫が川で拾って来た。きらきらした鉱物を含んだきれいな石で、白く透明な部分や、うすいオレンジや緑色が交じっているものもあった。衣津実は、子どもの頃に「これは宝石」と言って、河原で拾った石を持って帰っていたことを思い出した。洗面台で洗って窓際に敷いたタオルの上に置いて乾かし、しばらく眺めて悦に入るのだけど、そのうち飽きて「台風ちゃんにあげる」と、緑色の暗い苔に覆われた水槽に沈めたのだった。

「こんな石、どこにあった?」

夫に付いて何度も行っている河原に、石はいくらでも落ちていたけれど、鉱物を含んだ石なんてそんなにあっただろうかと、夫に尋ねる。

「川の底の方で見つけた」

「底の方って。潜ってるの? 深いとこは流れも速いし、危ないよ」

分かった気を付ける、と夫がほほ笑む。目よりも眉毛が先にたわむ。夫が笑う時の眉毛の動きが彼女は好きだった。頭を坊主にして以来、顔の中で一番毛の多い眉毛にばかり、彼女は注目してしまう。生き物のようだと思う。夫は髪を剃《そ》ったら頭のくさいのがなくなったと言って喜び、腕や足や股間の毛も、ほとんど切るか抜くかしてしまったので、今は全身がつるりとしている。夫が裸になると、その無防備さに落ち着かない気持ちになる。それで、唯一前と同じだけ残されている眉毛ばかり見てしまうのだった。

時々、衣津実の母が様子を見に来た。母には、夫が風呂に入らなくなったことは話していたが、田舎に引っ越してきた理由が川のそばに住めるからだということは伝えていない。夫が歩いて川に行き、廃校になった小学校の脇道を下りた先で、裸になって水浴びしていることは話せなかった。「研志さんはちょっと疲れていて」と説明した。疲れが取れたらいつか治るみたいな言い方だなと思った。母親もそれを聞いて「まあ、あんな古い家、いくら直したっていつまでも住めるものじゃないもんね」と頷いた。

家の庭は、長い間放置されていたので荒れていた。雑草だけは夫がなんとか抜いていたけれど、そうして中途半端に手を入れたせいか、ただの空き地よりも荒れた土地に見えてしまった。草を抜いただけのむき出しの地面には、雨が降ると地中からミミズが何匹も出て来た。濡れた土の上でうねうねと動き、そのまま太陽にあぶられて死んだ。死んだミミズは生ぐさく、縁側の窓を開けていると部屋までそのにおいが届いた。夫の体臭と似ている、と彼女は思い、そう思ってしまって夫に申し訳ないと感じ、けれど実際に似ているると感じたのだから仕方ない、と諦めた。頭の中でくるくると考え、自分と問答して諦めることばかりだった。どん詰まりだ、ここは。

庭の裏の山からにじみ出た水が細く小さな滝になって、庭へ向かって垂れている場所があった。下には水たまりができていて、川とつながっていないそこには何もいるはずがないのに、彼女は時々中を覗き込んで魚を探す。


台風ちゃんと名付けた魚は、たいした世話もしていないのに、衣津実が中学生になっても、高校生になっても生きていた。玄関の靴箱の上に置いていた水槽は、水を換えても変わらずくさいのでたまらず、和室に移された。水をそのまま庭に捨てられるからと、庭に面したガラス戸の横に置いたので、仏壇と並ぶ格好になった。仏壇に父方の祖母の位牌が入ったばかりの頃だった。父がやんわりと他の部屋にしたらどうかと提案したが、母が「他に庭に面した部屋言うたら、あとはリビングしかないけど」と言い返し、結局仏壇の横に置かれたままになった。衣津実は、捨てたり殺したりしないんだな、と思ったけれど口には出すことはなかった。

仏壇は母の手によって、常に美しく整えられていた。朝に夕に、炊いた米のまんなかの一番良いところを豆皿に載せて供え、湯飲みに入れた水を換えた。祖父と祖母の位牌や欄間の埃は丁寧に払われ、一日に二度はりんを鳴らしていたし、前棚には果物や貰《もら》い物の菓子が並べられ、いつも賑《にぎ》やかだった。

だからこそ、その左隣に置かれた水槽の醜さが目立った。ガラス戸を開けて網戸にし、外の空気を入れると水槽の濁ったにおいが仏壇へそそがれていくようだった。父は何度となく母に水槽の掃除をしてほしいと頼んだが、母は「あれは衣津実が飼《こ》いたい言うて飼うたものでしょ。なんでも手伝ってたら、あの子のためになりません」と返して触らなかった。そのくせ、衣津実に水槽をどうにかしろと言うこともなかった。父も自分ではそれに触れたくないようで、結局誰も何もせず、母が毎日仏壇に白米を供えるその手で、水槽の脇に置いてある金魚の餌をぱらぱらと撒《ま》く、それだけが続いた。

気味が悪い、と母が言った。生き物に対してこんな言い方するのは良くないかもしれんけど、気味が悪いわ、こうやって生きとるの。

ことばとは裏腹に、母は愉快そうに笑っていた。和室のガラス戸を開けて、台風ちゃんの水槽の水を庭へ流している時だった。「あんたも手伝いなさい」と言われ、衣津実は新聞紙を手に、母の後ろに立っていた。水を半分ほど捨て、水槽の内側の苔を小さくちぎった新聞紙でこすり取る。下の方は水が溜まっているので、上の方だけ掃除する。新聞紙に付いた苔はへどろくさい。どうせ全部は取れないから、適当に終わらせ、風呂場の洗面器に水道水を入れて運び、水槽にそそぐ。発生した水流の中で台風ちゃんが躍る。それを見ながら母が、「なんも大事にされとらんのにね」と嘆息した。なんも大事にされとらんでも、生きていけるもんじゃねえ。

衣津実が東京の私立大学に進学して一人暮らしを始めることになった時、母が荷造りのついでに思い出したように尋ねた。

「あの魚、どうする？　連れて行く？」

「わたしは、持って行きたくないけど」

衣津実がおそるおそる、けれど連れて行くなどとは絶対に言いたくない、と思いながら答えると、母はさして意外でもなさそうに頷き、「じゃあ捨てて来てよ、川に」と言った。

「いいの？」

と衣津実は驚いた。捨てていいの？　捨てたらだめなんだと思ってたのに、いいの？

「捨てるっていうか、元々川におったんじゃけん、戻して来なさいよ」

母親は口にしながら、ぱっと明るい表情になった。そうよ、うん、そうよそのとおり。なんでもっと早く思いつかんかったんだろね。

衣津実は水槽から台風ちゃんを取り出して、ボウルに入れた。黄金色のアルミのボウルは、お好み焼き粉を混ぜたり、皮をむいて切った野菜を鍋に入れる前に放り込んでおいたりするのに使っていたけど、母は新しいのを買うからそれはもう捨てていいと言った。網で水槽から取り上げられる時、台風ちゃんはばたばたと暴れた。そんな風に速く動く台風ちゃんを見たのは久しぶりだった。

胸の前でボウルを抱えて川まで歩いた。黄金色のボウルに、太陽がきらきら反射した。台風ちゃん、と衣津実は口に出してつぶやいてみる。名前を付けたものの、呼ぶことはなかった。ボウルの透明な水道水の中で、台風ちゃんはじっと浮かんでいた。水道水が彼女の歩みに合わせて揺れて、その中で台風ちゃんも同じように揺れた。

川に着く。乾いていた。水が一筋も流れていない。そういえば数週間ほど雨が降っていなかった。彼女は白く乾いた川の石を見下ろして、ここに捨ててしまおうかとすこしだけ考える。川の水が乾いたあとの、汗くさにも似たにおいがして、顔をしかめた。

どうしようかと迷いながら、乾いた川のそばを下流に向かって歩き出す。どうしようか、などと頭の中で考えるふりをしながら、水が絶対あるところに向かって足を動かしているのだった。十分ほど歩いたところで、水があるのが見えた。海の端だった。

川の水とは違うにおいがした。不快なくささとは違うけれど、言い表すなら潮くさいということばが合う。彼女が河原に下りて水に近付くと、素早い動きで魚が数匹逃げて行った。スニーカーがぎりぎり濡れないところにしゃがみ込む。しゃがんだだけで、潮のにおいが何倍も強くなった。ボウルの中で台風ちゃんが動いた気配がした。

ここに水はあるけど、台風ちゃんには合わない水だろう。ここに放しても生きていけるだろうか。生きていけるわけないと思っているのに、衣津実は自分の思考に気付かないふりをして、あの緑の藻に覆われた水槽で死ぬのを待つよりは、いいような気がする

——そんな風に無責任に考える。

波はない。ならばぎりぎり川だろうか。そんなずるい線引きまで考え出し、一息つこうと手に持っていたボウルを地面に置いた。灰色の砂利の上に黄金色のボウルが輝いて見えた。漂流ゴミではなく、はっきりと人の意志でもって置かれたものだと分かる置き方だった。それが奇妙にちょうど良く見えた。衣津実は立ち上がって、すこし離れたところからもう一度それを見た。水際ぎりぎりに置かれた黄金色のボウル。踵《きびす》を返して歩き出した。次第に早歩きになる。胸がしんとしていた。海の反対側は山だ。河川敷の道の先に、大きな山が薄墨色にそびえていた。

その日の夜、雨が降った。衣津実は部屋の明かりを消したまま布団から出て、窓の外を見た。暗くてあまり見えないけれど、大雨であるような気がした。黄金色のボウルが水でいっぱいになって溢れるところを想像した。同時に川の上から水がたくさん流れて

きて、海の水と合流してごちゃまぜになって、その中に泳いで行く台風ちゃんを。

次の朝目が覚めると雨はもう止んでいて、空はすっきりと晴れていた。彼女は自転車に乗って川に向かった。河川敷から河原を見下ろしたが、川は流れていなかった。雨が降ったのに、と思いながら、ボウルを置いてきた下流へ向かう。ボウルは昨日と同じ場所にあったけれど、水際は数メートル遠くに離れていて、ボウルのすぐそばには、乾きかけの、一部分だけが白くなった石と泥があるだけだった。ボウルを置いた時は満潮だったのだろう。潮の満ち引きがあるということは、ここはやっぱり海なのだ。

彼女は自転車を停めて、河原へ下りた。黄金色のボウルに近付く。中を覗くと、空っぽだった。台風ちゃんがいないだけでなく、水が一滴も残っていなかった。え、と思わず声が出る。手を伸ばしてボウルを手に取る。やっぱり空っぽだった。

もう二度と台風ちゃんを見ることはできないのだと分かり、途端に衣津実は、台風ちゃんがどんな姿をしていたか思い出せないことに気付いた。意味もなく片手で頬をなでる。その指先に水滴が付いていたようで、頬が濡れた感触がした。ボウルは乾いているのに、と気持ちが悪くなり、肩にこすりつけて顔を拭く。そうして頭を動かしているうちにますます、台風ちゃんがどんな姿をしていたか分からなくなっていき、形だけじゃなく色も、大きさも、何度も見ていたはずの目も、はたしてどんな瞳だったのか、魚類の心のなさそうな目だったか、ウーパールーパーのような真っ黒な穴のような目だったか、それすらも思い出せなくなった。
うまく捨てられたような、捨てるのさえ大事にできなかったような、両方の気持ちがした。別にここでも生きていけるか、とすこし離れた水辺を見遣る。いつの間にかゆらゆら、沖に向かって流れ始めている。ここだって川は川だ。川には水があって、流れもするんだから、生きていける。

*

東京では一玉三百円していたキャベツが九十九円で売っていた。貯金は引っ越し代と家の修繕費で減ったものの、二人で十数年働いてきた分は貯まっているし、衣津実が市役所の仕事を続けている限りはこれ以上減ることもない。スーパーに寄って、山の上の家に戻る。国道を横切るために信号待ちをしている時に何度か、衣津実が東京で勤めていた会社のトラックを見た。一瞬だけ見える運転席の横顔はどれも似ていて、それが知り合いなのかどうかは分からなかったし、そんな見分けをつけたところで、なんの意味もなかった。

夫はほとんど毎日川へ水浴びをしに行くので、東京にいる時よりもくさくなくなった。彼女は石鹸を使ってくれるともっといいなと思って、川に流しても自然分解されるという石鹸を通販で買ってみたが、夫は「大丈夫って分かってても、川で石鹸を使うのはちょっと」としぶり、強い雨が降った日に庭で一度だけ使った。「悪くなかったよ」と言う割に、石鹸はそのまま庭に放置され、ある時カラスがつつきに来た。夫は「こんなもの食べちゃだめだ」と大声をあげてカラスを追い払い、くちばしの形に穴が空いた石鹸をゴミ袋に入れて捨てた。

彼女は夫に石鹸を渡してしまったことを後悔していたので、捨てられてしまって良かったと思った。ここにはわたしたちしかいない。わたしたちしかいないのだから、風呂に入った方がいいとか、風呂に入るなら石鹸を使った方がいいとか、そういうことを考えるのは、もう止めていいのだ。

義母からの電話に夫は出たり出なかったりする。義母は一度もこの家に来ない。代わりに何度も「大丈夫なの」と電話をかけてくる。夫は、電話に出る時は縁側へ行き、そこに並べたきれいな石をいじりながら話した。何度も、大丈夫だと言うのが聞こえた。大丈夫、大丈夫だから、大丈夫。衣津実は、夫が大丈夫だと繰り返しながら、石を一列に並べたり、円を作ってそのまんなかにひとつだけ置いたりしているのを見ていた。呪いだそれは、と唐突に思いつく。本物の呪いではない、おままごとの呪い。効力なんかはない。ただ、わたしはあれを呪いだと思った、という記憶だけ残る。

東京で使っていたのと同じ布団を二組並べて眠る。替えたばかりの畳のいいにおいがする。網戸にした窓から風が入ってきて気持ちいい。昼間はまだ暑いけれど、日が落ちると、半袖では肌寒く感じるほど涼しくなってきた。一階建ての家で窓に鍵をかけずに眠るなんて東京では考えられないと母に話すと、田舎だって鍵をかけなくていいわけじゃない、危ないからちゃんと閉めなさいと叱られたけれど、こんな山しかないところで家に鍵をかけるなんて滑稽に思えて、開けたままにしている。それでも真夜中にはっと目が覚めた時に、外の空気を顔に感じると「窓が開いている」と深く意識する。東京の生活で培われた危機感だろうか。一度起きて窓が開いていることを意識したあとでもう一度眠ると、殺される夢をよく見た。窓から入ってきた侵入者に殺される夢だ。朝目が覚めて「こんな夢見ちゃってさ」と夫に話して聞かせた。「こわいな。今夜から窓閉めて寝よっか」と夫は言うのだけど、結局その夜も鍵をかけないで眠った。

ふと目が覚めた。

窓の外から雨の降る音が聞こえた。網戸だと吹き込むかな、閉めた方がいいかな、と考えるのに体がすぐには動かない。別に濡れたっていいかこんな家、と衣津実は思う。

こんな家、とくだらないものを扱う時のように思う。そんな風に投げやりには思っていないはずなのに、時々自分の頭の中に浮かぶ乱暴なことばに、こちらが本心なんじゃないかと不安になるが、ほんとうに、こんな家どうでもいいなんて思っていない、ほんとうに、と彼女は自分の心を確かめている。確かめるのに忙しいから、ぱっと起き上がって窓を閉めに行くことができないだけなのだ、とこれもまた内側で考えている。さあああ、と音がする。そうだった。雨の音、それも夜に降る雨の音というのはこんな風だった。東京のマンションで聞く雨の音には、どうしたって車の走る音や人の声や隣の部屋の生活音が交じっていて、不純物を取り除いた雨だけの音というのはなかったから、久しぶりに聞いたような感じがするのだった。

隣で眠る夫にも雨の音は聞こえているはずだが、身じろぎもせずに眠っている。彼女はそろそろと手を伸ばし、夫の腕に触れて体を辿り、手を掴む。自分の顔に引き寄せて手のにおいを嗅ぐ。手のひらと手の甲と指の間と、順番に嗅いで、それから中指を口に含む。塩からい味がしたのは最初だけで、一度唾液を飲み込んでしまうと、ただ舌ざわりだけが残る。夫の指はがさがさしていて、特に爪の付け根には湿疹の跡がぽつぽつと並んでいた。そのぽつぽつをはぎ取るようにして舐める。彼女のそれは思いつきの行動だったが、にわかに股の奥がひりひりと熱を持ち、足をよじった。よじったふりをして、こすった。

その時、夫が目を覚ましたのが分かった。腕に一瞬だけ力が走ってすぐ抜けた。彼女はそっと夫の指を口から抜き出して、タオルケットの端で指に付いた唾液をぬぐった。夫は何も言わなかった。息すら吐かなかった。むしろ彼女の方がすんすんと音を立てて息を吐いたり吸ったりしていた。相変わらず雨のにおいがしたし、夫の体臭もした。山のにおいもした。さっき、熱を持った股の間が、下着の中で冷えていくのを感じた。

「寝られないの？」

夫が発した声が、あまりにも静かな空気の中で遠くまで届く。

彼女は頷いた。夫を見ると目を閉じたままだったが、気配だけで彼女が頷いたと分かったのか「そっか」と答える。彼女は何かしゃべろうとして、舌の表面にざらりと異物を感じる。自分の右腕を舐める動作で、舌の表面をなすりつけると、白っぽいかすが付いた。歯垢《しこう》か夫の指の垢かどちらだろう。嗅ぐとくさかった。夫の体臭よりはるかにくさく、生々しいにおいがした。生まれたてという感じがした。指先でこねると小さなだまになった。Tシャツにすりつけて潰す。垢の玉、と彼女は思いつき、

「あかたろう、っていたよね」

夫の腕に手を伸ばしながら言う。二の腕を両手で掴む。

「え、なに、なんの話」

「昔話であかたろうっていなかったっけ。むかしむかし、あるところにおじいさんとおばあさんがいて、二人はお風呂が嫌いで垢だらけで、ある時、体中の垢を集めてこねて人形《ひとがた》を作ったら、動き出して、それがあかたろう」

「なんか聞いたことある気がする。そいつ、鬼や悪人を退治するんだよね、多分」

覚えてないけど、と彼女はかすかに笑う。

「多分そう。力がものすごく強いって設定じゃなかったっけ」

「設定って」

夫が笑う。彼女が二の腕を摑んでいる方の腕を上にあげ、手を握ったり開いたりする。彼女が夫の顔を見ると、夫も目を開けて彼女を見ていた。

「昔の人は、お風呂入ってなかったんだね。川とか雨水とかで洗い流してたんだろうね。石鹼もシャンプーもないでしょ。体をこすったら垢がいっぱい出て来たんでしょ。人形が作れるほど出るかは分からないけど、なんとなく集めて丸めてみたり、したんだろうね」

「かもね」

裏の山でけものが鳴いた。

二人は黙って息をしていた。夫があげていた腕をゆっくりと下ろして、体に沿わせて伸ばした。彼女は夫の二の腕を両手で摑み直して、目を閉じた。

平和であれ、と彼女は思った。祈りというほど遠いものに願っているわけではなく、もっと手の届く身近なものに、平和であってよ、と願っていた。


ざあざあざ、音が耳の形にぴったりなじんでしまうほど長く、雨が降り続いた。雨水の流れる道路はすべりやすいように見え、衣津実はいつもより早めに家を出た。山道を抜けるまで、のろのろと形容していいスピードで車を走らせた。道の隣を並走するように流れる川は、水量が多いものの氾濫する気配はない。夫は雨でもかまわず川に行ってしまうので、「とにかく気を付けてね」と何度も注意している。

放流のサイレンが流れたのは、昼休みだった。外へ昼食を買いに出た同僚が慌ただしく戻り、「すごい雨」と興奮した様子で言った。その時、ピンポンパンと放送チャイムの音がした。「市役所にお越しのみなさまにお知らせです。本日、ダムの放流を行っています」そう説明する男性の声に続いて、ウーッ、と高いような低いような音でサイレンが鳴ったあと、女性の声でアナウンスが流れた。

『かわが・ぞうすい・しています・あぶない・ですので・ちかづかない・ように・しま

しょう』

衣津実が立つカウンターの近くに窓はなかったが、カウンターの窓口を横に五つ挟んだ先にある正面入口の自動ドアが開く度、外から雨の空気が入ってきた。室内にいても分かるほどの濃い雨の気配を、けれど彼女は気に留めなかった。家はダムよりも上だから、そもそも放流とは関係がない。トイレに立った時に、夫に〈ダム放流してるらしいよ〉とメールを送ったが、返信はなかった。

これはもしかしたらまずいのかもしれない、と不安に思ったのは、その目で川を見た時だった。スーパーにも寄らずまっすぐ帰宅していた。いつもどおり市内の大きな通りを山に向かって車を走らせ、山道に入るぎりぎりのところで川沿いへ出ると、ダム放流のサイレンとアナウンスが聞こえた。ウーッ。あぶない・ですので・あぶない・ですので。

水は川幅を越えて、河川敷の上まで流れていた。下流と比べて大きな岩が多いため、水の流れは岩の配置によって唐突に向きを変え、その流れ同士がぶつかり合って、さらに複雑な線となってうねり、勢いを増している。

山道を登る。運転中は川の方を見ることができない。周りの様子を見ながら運転ができるほどには、まだ慣れていなかった。雨が入らないくらいにうすく窓を開けた。雨の音よりも川の音の方が大きく聞こえる。乱暴な音だった。ハンドルを強く握りしめる。

ダムを越える時、思わず一時停止した。水が爆発しているのかと思った。流れるでもなく、溢れるでもなく、それは噴き出していた。内側から破裂する瞬間の勢いが連続しているような放出だった。「自分のおるとこで雨が降っとるかどうかは関係ないんよ。山の上の方でようけ降ったら、全部下まで流れてくるんやもの」と母が言っていたのを思い出す。川に叩きつけられる圧倒的な水の音だけが、あたりに響いていた。フロントガラスに当たる雨音も聞き取れない。衣津実はダムから山の上の方へと視線を移したが、山は灰色の分厚い雲に覆われて見えない。アクセルを踏み込み、彼女に制御可能な最大の速度で車を走らせる。

家に着き車を停め、傘をさして玄関まで小走りで向かう。「ただいま」と言いながら鍵を開けた。窓の鍵は開けっ放しにしているのに、玄関の鍵だけは閉めないと収まりが悪くて閉めてしまうね、と夫と言い合ったのだった。ドアを開けてもう一度「ただいま」とさっきよりも大きな声で言う。返事はない。彼女は洗面台も素通りしてリビングに向かう。夫の姿はなかった。和室にも寝室にもいなかった。

もしかしたら庭で雨を浴びているのかもと思い、縁側へ向かう。縁側のガラス戸から庭は見えていて、そこにも夫がいないことは、部屋の中から一目で確認できたのに、彼女は窓を開け、吹き込んだ雨に濡れたスリッパに足を差し入れて外へ出た。庇《ひさし》の外へ出る。ほんの数秒で、服の表面から順に隙間なく濡れていく。庭の土の上にはもう水たまりができていて、あちこちにミミズが浮かんでいる。近くでカエルが跳ね、彼女から距離を取るように離れて行った。

庭の端で、いつもはちろちろと細く垂れているだけの小さな滝が、今日は蛇口を目いっぱい開いたような勢いで流れ落ちている。滝の下の水たまりは決壊して溢れ、山の傾斜に沿って家の横を流れている。衣津実は走り出した。

といっても、もう何年も全力疾走などしていない体で、それは彼女の精一杯ではあったものの、はたから見れば小走りの域だった。はたから見る者などいないのに、彼女は頭の中でそんなことを考えていた。川へ向かう。夫が心配だ。それはほんとうなのに、頭の中は広すぎて、余計なことまで考えられてしまう。

雲の灰色がぐんぐん濃くなっていく。道路には街灯がついているが、川へ下りる道や河原は、足元が見えないほど暗い。

懐中電灯を持ってくるか、廃校までは車で行くべきだったと、走りながら彼女は悔やむ。スリッパじゃなくて運動靴に履き替えれば良かったとも思う。そして、そんなことも思いつかないほど自分は焦っていたのだと分かり、それがまるで愛の証明であるような気がして安心する。安心していると気付き、また頭の中で自分を責める。走りながらずっとそんな風に考え続けている。息が切れる。

廃校の空き地へ着く。

細い道を辿って河原まで下りるまでもなく、川の水の勢いが激しいことが分かった。いつもは河原の半分も水が流れていないのに、今は小屋ほどの大きさのある大岩すら見えないほど、次から次へと水が落ちてきている。

取り付く島もないなあと、彼女は思った。

「取り付く島もないなあ」と、頭に浮かんだのだった。

ずいぶん軽い、悲しみの込められていないことばだと思った。思ったけれどどうしようもなかった。ごおごお流れて行く川の水を、彼女はしばらく眺めていた。スリッパの内側に泥と小石が入っている感触がした。服も下着も髪の内側も濡れていた。いっそ服を脱いでしまおうかと思いつく。夫がそうしていたように、裸で雨を受けてみようか。

思いついたのに、結局はそうしなかった。家まで歩いて帰った。鍵が開いたままの玄関から入り、廊下をびしょびしょにしながらバスタオルを置いてある脱衣所に向かった。はっとする。そうだ、風呂場はまだ確認していなかった。風呂に入らない夫が風呂場にいるはずがないと思って、家中で、そこだけ見ていなかったのだ。

思いついた瞬間早足になる。足裏の泥ですべる。音を立てて風呂場のドアを開ける。昨日の夜使った洗顔クリームが、バスタブのふちに彼女が置いたままの形で置かれているのが目に入った。二十四時間近く使われていない風呂場はからからに乾いていて、外はどこもかしこも水だらけなのに、水が出るはずの風呂場は乾いているというのが、当たり前なのに何かおかしい気がした。夫は風呂に入らない人だった。風呂くらい入らなくてもいいよと、彼女はほんとうに思うことができたのに、ほんとうにそう思っているのだと、夫に伝えることはできなかった。

次の日には雨が止んで空は晴れた。けれど山に溜まった水が海へ流れ切るまでには、更に二日がかかった。三日後、まだ川の流れは強かったけれど、水の流れる両側に河原が見えるようになっていた。衣津実は廃校まで車で行って、脇道を通って河原へ下りた。脇道は雨を含んだ地面が土よりも泥に近い形状になっていて、彼女のスニーカーを汚した。

前に来た時と、河原の岩の位置が変わっていた。小屋ほどもある大岩が水の力で動くのだとしたら、人間なんかは水槽に浮いている埃みたいなものだろうと思った。

彼女は川下側に向かって歩いて行く。砂利が不均一に積もっている。折れた木の枝やまだ青い植物の葉があたりに散らばっている。大岩と大岩との間の砂地が抉れて、大きな水たまりができていた。人間の頭がすっぽりと収まりそうな形と大きさをしている。彼女が中を覗き込むと、魚が一匹いた。親指ほどの大きさだった。銀色に見えたうろこは、彼女の接近に気付いて身をひるがえした時に、太陽の光を反射して青く光った。彼女は水たまりのそばにしゃがみ込み、右手を水の中に浸した。

「ぬくいわ」

彼女がつぶやく。川の水と違って、流れのない水たまりの水は、ほんのりあたたかかった。

「ここにおったら、死んでしまうね」

彼女は風呂場を思い浮かべる。銀色の釜の形をした狭いバスタブ。あそこに浮かべよう。水なら川にも、庭にも、たくさんある。

差し込まれたまま動かない彼女の手に、魚がそっと近付きつつある。まだ警戒している動きで、数センチずつ、漂うように距離を縮めている。彼女は息を殺している。魚の下の地面で、名前の分からない微生物がうごめいているのが見えた。帰ったらお風呂に入ろう、と彼女は思う。

解　説

水上　文

生き延びてしまう残酷さ

生き延びることには残酷さがつきまとう——ままならない生をそれでも生き延びる人の屈託が、「普通」をめぐる苦難が、高瀬隼子の作品には常に存在している。

二〇二〇年、『犬のかたちをしているもの』ですばる文学賞を受賞してデビューしたこの作家の作品には当初から、「普通」をめぐる困難が孕まれていた。

主人公は性行為を望まない女性である。彼女にとって、「普通」恋愛関係であればセックスが伴うはずだとする規範は問題含みである。だが、彼女の苦痛は理解されない。彼女を理解したうえで愛すると言っていた交際相手の男性は浮気し、挙句その相手は妊娠していたのだ。彼は彼女を裏切っており、さらに自分がいなくなったら誰があなたを分かってくれるのか、などと恩着せがましく言い募りさえしたのだ。

もちろん彼の不貞は倫理に悖《もと》るだろう。だが、「普通」に生き延びなければならないという圧力の中で、人はどれほど「普通」でいられないという弱さを許容できるだろう？

二〇二二年に芥川賞を受賞した『おいしいごはんが食べられますように』で描かれたのは、弱さを許容することの困難と、生き延びられてしまう屈託であった。

会社を舞台とするこの物語の語り手として登場するのは、正社員の男性と女性である。さほど好きではない仕事であっても残業する、あるいは早めの出勤が義務付けられれば誰よりも早く出社する、そうしたことを行い得る彼らは、周囲に慮られる「弱い」人間ではない。小説はそんな二人が、ある女性の「弱さ」に苛立つ様を描く。必要な業務を満足にこなすことのできない女性の「弱さ」を、「普通」に生き延びられてしまう二人は許すことができない。二人にとって、「弱さ」はそれ自体、生き延びてしまう自らへの攻撃のようにさえ感じられるものなのだ。弱さに寄り添いきれないまま続いていく袋小路のような日常を、小説は鋭くえぐり取っていたのだった。

それにしても、なぜ弱さに寄り添うことはかくも困難なのか。

端的に言えば、「割に合わない」からである。

二〇二四年、芸術選奨新人賞を受賞した『いい子のあくび』の表題作は、「いい子」の女性を主人公としていた。気遣いを欠かさず、職場でも恋人の前でも笑顔を絶やさない彼女は、いかにも「いい子」である。にもかかわらず、その努力に比して現実は無情である。通勤すれば歩きスマホをしている人にぶつかられ、仕事をすれば上司に女性社員だからと接待要員のように扱われ、不快感と怒りを日々蓄えざるを得ない。彼女が鬱屈し、非合理的な行動を取るに至る様を小説は描く。だが、それはもちろん彼女を救いはしない。割に合わない現実を生きるという袋小路を、小説は恐ろしくも浮かび上がらせていたのだ。

すなわち、生き延びてしまうことの残酷さをこそ、高瀬隼子は描き続けてきたのである。

正常と逸脱、あるいは東京と地方

二〇二一年、芥川賞候補ともなった本作『水たまりで息をする』は、まさしくそんな高瀬作品の魅力が、余すところなく発揮された一冊であった。

主人公は三十五歳になる女性であり、いかにも「普通」に生きてきて、このまま凡庸な日常が続いていくことを信じて疑わなかった人物である。

ところが特段の問題もなく生活してきたはずの彼女の夫が、突如入浴を拒むようになる。会社の後輩に水を浴びせられて以来、彼は水道水を忌み嫌うようになってしまったのだ。会社の人間関係における問題に端を発するだろう彼の行動は、ある程度の清潔さを保つべきであるという規範からの逸脱であり、傷をやり過ごせない弱さでもある。

夫の逸脱はエスカレートする――入浴をやめた当初、代替的にミネラルウォーターで体をすすいでいた夫は雨を浴びるようになり、ついには川へ入るようになる。彼らは会社をやめ、彼女の祖母がかつて住んでいた家へ、人里離れた川の付近へ引っ越すに至るのだ。

耐えがたい夫の体臭、周囲の視線、義母からの非難。あらゆるものが彼女を追い詰める。彼女は考える。夫が弱いこと、狂うことを許したい、けれども許せないのだと。そして彼女が彼の弱さに寄り添いきれなくなっていく様を、小説は克明に描き出す。だから風呂、雨、川、と章立てされ区切られた物語は、弱さを抱えた夫とその妻が、東京から故郷への物理的な移動でもあると同時に、社会から追いやられていく過程そのものだったのだ。

正常／逸脱、そして東京／地方――小説にとって、この重なりは決定的である。

そもそも主人公は、海のある田舎町の出身で、大学から東京に出てきてそのまま東京で就職した人物であり、他方、夫は東京で生まれ育った人間である。生まれ育った土地では気にせざるを得なかった周囲の視線が存在せず、逸脱が素知らぬ顔で放置される場所＝東京で、彼女はしばしば地方と東京の差異に思いをはせざるを得ない。

実際、彼女の中には、彼女を育んだ環境と両親が存在し続けているのだ。

たとえば夫を突然の事故で亡くしても憔悴しきった様子を見せることのない母の様子を思い浮かべながら、彼女は思う。私たちは持ち堪えてしまう、と。

夫の持つ弱さを持ち得ない自分について考える彼女は、母親に似たのかもしれないと考える。そして幼い頃に偶然聞いてしまった両親の会話――義母の介護の負担を訴える母に対して、母を励ますように「病気になるような弱い人間とはできが違う」「さすがおれの見込んだ女だよ」（p62）と返す父――を、彼女は想起するのだ。

ここでの父母の会話はまた、彼女と夫の似姿のようでもあった。

というのも、標準語に近い言葉を話す父が称賛される一方、母は旧来の規範に縛り付けられ、夫より先に食事もせず、義母の介護も負い、苦痛の訴えも無効化されていた。父は励ますようでありながら、母に対して強さを、正常性を押し付けていたのだ。

そして彼女はと言えば、地元では考えられない「先進的」な結婚生活を築いているが、その生活について義母に「おままごと」と皮肉を言われる。おまけに今や夫は狂気に向かって突き進んでいくが、その傍らで狂えない彼女は生活を維持する役割を担い、夫に直接要求されたわけではないにせよ正常性を強いられている。

旧来のジェンダー規範に抑圧され、同時にケアの担い手として正常性を強いられ、「持ち堪えてしまう」という点で、彼女と母は確かに似ていたのであった。

強さと弱さ、あるいは夫と魚

入浴しない夫を許したい。けれども許せない。

夫の弱さに寄り添おうとすれば、彼女は一度出た故郷に留め置かれる。「持ち堪え」ることが強要される故郷へ引き戻される。夫の弱さへの許せなさは、「病気になるような弱い人間とはできが違う」という父の論理そのものでもある。

ここにあって夫の弱さへの許せなさ、「普通」をめぐる彼女の苦悩は、東京と故郷をめぐる力学と不可分に絡まりあっていく。逸脱が許されない場所に留まることを回避するためには、逆説的にも逸脱を許容しない強さを有しなければならないのだ。

夫がどのような姿に変質しても共にあることが、愛による忍耐ならば美談かもしれなかった。苦悩を生むのがただ愛ならばよかった。けれども小説はそんな妥協を許しはしない。

なぜなら彼女が最終的に下した選択について、夫の行方について明確に語ることのないこの小説において語られるのは、ただ魚のことだけなのだから。

夫は魚に重ねられる——まだ故郷に帰るよりも前、雨に濡れた夫の姿から、彼女は過去に飼っていた台風ちゃんと名付けた魚を想起していた。

台風で川が氾濫し、台風の去った後の水たまりにいた魚、連れ帰り、世話をほとんどせずとも、水槽がどれほど汚く濁ってもそれでも生き延びていた魚を思い出すのだ。大学進学に伴い故郷を離れると同時に川へ返したその魚を、彼女は大事にしてなどいなかった。大事にされずとも生き延びてしまうその魚を、東京に「持って行きたく」(p140)などなかった。ならば川へ捨ててくるように、と母から言われた彼女は驚く。捨てたらだめなのかと思っていたが、いいのか、と。彼女は魚を捨てる。川とは異なるにおいのする場所で、生きていけるわけなどないと知りながら魚を放す。身勝手にも生き延びる想像さえする。だが憎んでいるわけでもないが持って行きたくないのだから、それしかできない。そして「うまく捨てられたような、捨てるのさえ大事にできなかったような」(p144)気がしながら、捨て去ってみればもはやその姿を思い出すことさえできない自分に気が付くのだ。

すなわち夫に重ねられる魚とは、彼女が東京へ行く際に捨て去ったものなのである。

もちろん夫と魚は違う。けれども物語の終盤、台風が来て氾濫する川への警告に町が染め上げられる時、夫の姿がないことに気づいた彼女は、自分自身を外側から眼差さざるを得ない。夫の行方を求めて走りながら、自分は焦っているのだと考え、それがまるで「愛の証明であるような気がして安心」(p153~154)してしまったりする。そして「安心していると気付き、また頭の中で自分を責める」(p154)。結局、激しく勢いを増す川を眺めながら彼女の脳裏に浮かぶのは「取り付く島もないなあ」(p154)という、その場に似つかわしくない言葉でしかなかったのだ。

物語は最後まで夫の行方を明らかにはしない――語られるのは、ただ台風の三日後、彼女が水たまりで魚を見つけたこと、帰ったらお風呂に入ろうと考えていること、夫が拒んでやまなかった入浴を彼女はするだろうことだけである。それは残酷な結末だ。夫を置いて東京へ戻るよりも、台風で氾濫した川で夫が溺れ死ぬよりも、もっと残酷だ。これではまるで夫が、かつて置き去りにした魚のようなものなのだから。だが彼女は夫を憎んでいたわけではない、愛していなかったわけではない、主体的に見捨てたわけでもない。ただ何としてでも寄り添おうと、捜し出そうとしなかっただけなのだ。すべての逸脱と弱さに寄り添ってはいられない私たちの多くと同様、彼女は生き延びてしまうだけなのだった。

（みずかみ・あや　文芸評論家）

本書は二〇二一年七月、集英社より刊行されました。

［初出］
「すばる」　二〇二一年三月号

高瀬隼子の本

犬のかたちをしているもの

見知らぬ女性から、「あなたの恋人の子どもを妊娠したから、産んだらもらってくれ」と持ちかけられた薫。戸惑う薫は、母親になれるのか……。第43回すばる文学賞受賞作。

集英社文庫

水《みず》たまりで息《いき》をする

2024年5月30日　第1刷　　定価はカバーに表示してあります。

著　者　高瀬隼子《たかせじゅんこ》

発行者　樋口尚也

発行所　株式会社 集英社
東京都千代田区一ツ橋2-5-10　〒101-8050
電話【編集部】03-3230-6095
【読者係】03-3230-6080
【販売部】03-3230-6393(書店専用)

印　刷　中央精版印刷株式会社　株式会社美松堂

製　本　中央精版印刷株式会社

フォーマットデザイン　アリヤマデザインストア　　マークデザイン　居山浩二

ISBN978-4-08-744646-3 C0193